KB247851

사이의 문장

유미경 시집

사이의 문장

2025 당진 문학인 출판사업

덜 여문 시들의 세상 나들이

시인이란 명패를 멍에처럼 붙잡고 산 지 30년,
10권이 넘을 시를 끌어안고 허둥거렸지만
지금까지 단 권의 시집도 내지 못했습니다.

세상 속으로 나오는 것을 두려워하는
소심하고 숫기 없는 나의 시심이
햇빛 속으로 모습을 드러냈을 때
쏟아져 들어올 온갖 눈총의 평가들이
걱정되었기 때문이었습니다.

그런 내 시들을 껴안고 쓰다듬어 위로할 자신이 없었습니다.
그렇지만 이제는 한 번이라도
나의 시들에게 세상 나들이를 시켜주고 싶었습니다.
못난 형상으로나마 당당하게 세상 속으로 나와서

눈부신 햇살을 견뎌보게 해주고 싶었습니다.

아직은 덜 여물어
향내마저도 피워내기 힘들어하는 나의 그들에게
괜찮다고, 토닥토닥 해주고 싶었습니다.
따지자면 세상에서
詩가 아닌 말과 글이 어디 있느냐고 말입니다.

용기를 낼 수 있게 도와주신 당진문화재단에 감사드립니다.

차례

제2부
나도 모르게 울컥 올라오는 내면의 고통

제3부
그 시절, 사랑했던 이름들

제4부
잊지 못할 그 이름, 엄마와 고향

제1부

살아 숨 쉬는 생명들과 마주한 첫 시선

그믐밤

탈춤 추는 아이는 울고 있었다

눈물 한 자락 개 짖는 소리에 젖어 드는 그믐밤, 파도마저 서럽게 울부짖고 있었다 앞섶으로 핏덩이 입 틀어막으며 보퉁이 하나 머리에 이고 돌아선 골목 꺾어질 때 품속의 어린 것은 숨이 깔딱 넘어갔다 뜨거운 눈물 주먹으로 훔치며 돌아보고 또 되돌아본 고향길, 한 많은 그믐달도 푸른 울음 쏟아내며 쓰린 가슴 움켜잡은 채 비수처럼 꽂혀 있었다 애잔한 그림자 하나 담벼락에 걸려 한동안 떠나지 못했다

"애비도 없는 자식 낳아서 우짤라꼬…"

머리카락 쥐어뜯으며 울부짖던 어매의 한 맺힌 설움 가슴에 껴안은 채 숨을 죽이던 삼경, 어린 것의 애비가 죽던 날도 그믐밤이었다 그래, 그믐밤이었다 만선이 되면 귀밑머리 풀자던 어린 것의 애비는 갯벌에 내동댕이쳐졌다 그날 밤 어린 것은 어미의 사타구니를 찢고 터져 나왔다 희뿌연 미명 한 자락 평온한 바다 위로 섬을 띄울 때쯤 모든 비밀 남김없이 껴안은 채 그믐밤은 죽어갔다

탈춤 추는 아이는 울고 있었다

섬

미친 바람은 예고도 없이 잠자는 섬을 순식간에 덮쳤다 그날따라 등대지기는 신열에 시달리고 있었다 당골네가 떠나버린 섬의 뒤틀린 신神은 마을을 삼킬 준비 단단히 하고 있었다 달도 없는 깜깜한 밤이었다 수상한 기운들 골목 안을 휘젓고 다녔다 개 짖는 소리 마른 공기 속으로 날카롭게 부서지고 있었다 집채보다 더 큰 파도 자락 끝에 매달려 섬은 용트림으로 뿌리까지 진저리쳤다 그날 아버지를 삼켜갔던 바다는 눈물 한 자락 보이지 않았다 누런 코 손등으로 훔치며 검정 고무신 기다리던 여섯 살짜리 계집아이는 죽음이 무엇인지도 몰랐다 소복 입은 어머니 통곡하며 까무러칠 때도 아버지가 못 사 온 검정 고무신만 생각하며 울었다 아버지는 다시 섬으로 돌아오지 않았다 까칠까칠한 아버지의 턱수염이 그리워질 때까지 계집아이는 섬을 떠나지 못했다

섬은 아버지가 없어도 평온했다

2월의 사전

　한쪽 다리를 바다에 두고 온 남자가 수평선 위에 시선을 던지고 있었다 눈알을 두리번거리는 고양이가 헐렁한 바짓가랑이 사이에 끼인각으로 내려앉아 있었다 일찍은 가출로 사랑을 잃어버린 소녀가 얇아진 몸피 사이로 바람을 만들며 걸어오고 있었다 보리들이 책갈피를 파랗게 흔들었다 남자의 입술 사이에 올려져 있던 하모니카에서 흘러나온 세월들이 음표로 날고 있었다 초점 잃은 소녀가 비틀거리는 음운들을 끌어모아 행간 속에 둥지를 틀기 시작했다 호동그란 고양이 눈동자에 반짝 켜진 별이 동굴 속으로 흘러 들어갔다 소녀의 목덜미 위로 보리싹이 수런수런 자라기 시작했다 날마다 술에 절어 세상 낭떠러지에 아슬아슬하게 매달려 있던 아버지 언제나 눈동자에 눈물을 담고 계셨던 어머니 끝없는 밭고랑 타고 온종일 뿌렸던 한숨 땅거미에 힘겹게 걸어 매고 집에까지 끌고 오셨다 땀으로 무거워진 어머니의 옷자락에는 늘 심장 타는 냄새가 흘러나왔다 하늘 속을 빠져나온 음표들이 수평선을 가로질러 수군대던 종달새의 깃털을 흔들었다 고양이가 소녀의 손등을 가만가만 핥기 시작했다 까칠까칠한 고양이 혓바닥에서 걸어 나온 삶의 질긴 끈 한 오리가 소녀의 심장을 뒤흔들었다 눈물 젖은 보리들이 소녀의 눈동자 안에 파도를 쌓아 올렸다 하모니카 이야기 속에 모든 것을 묻어 버리고 싶은 어두운 시절의 난해한 문장들이 2월 보리밭에 가득 새겨지고 있었다

녹색의자의 꿈

노인은 언제나 양지바른 곳에 놓인 녹색 의자 위에 무늬 져 있었다 무명실 같은 머리카락 바람에 힘없이 끌려갈 때면 집으로 돌아가던 햇빛마저 걸음 멈추고 지켜보았다 노인은 의자 위에서 꾸벅꾸벅 줄기도 했고, 가끔씩은 의자 곁에 붙어 있는 평상 위에 드러누워 낮잠 속으로 빠져들기도 했다 아무도 노인에게 아는 척하지 않았다 어쩌다 지나가던 행상이 어르신 인상 정말 좋으시네요, 하고 말이라도 건네면 허깨비 같은 웃음만 만들어 내었다

그날도 노인은 동네의 가장 양지바른 곳, 문짝 다 삭아져 내리고 지붕마저 뜯겨나간 집 담벼락에 기대 있는 녹색 의자에 새겨진 채 머리를 떨구고 있었다 노인의 잠긴 눈이 떨어진 곳엔 사진 한 장을 쥔 손이 힘없이 매달려 있었다 반쯤 벌어진 입가엔 말라붙은 침이 하얀 분가루 되어 날리고 있었다 진달래꽃잎 따 먹었을 때처럼 파랗게 물든 입술 위에 흰나비 한 마리 날개를 젓고 있었다 북쪽으로 향하던 바람이 숨죽인 채 까치발로 멈칫거렸다

다음 날부터 노인은 보이지 않았다 차가운 햇살 따라다니던 가시바람 더 이상 노인의 머리오리 이리저리 찌르고 다니지 못했다 주인 잃은 녹색 의자 해 저물어도 집 안으로 들어가지 못한 채 담벼락에

앉아 떨고 있었다 빈 평상 위엔 찢기어진 낙엽들이 모여 수런대고
있었다 아무도 노인이 꾼 꿈 이야기를 모르고 있었다 아버지~부르
며 꽃송이 피워낼 막내딸 모습, 노인이 잡고 있던 사진 속에 있었다
는 사실을 지나가는 바람도 알지 못했다

눈부신 봄날

4차선 도로 한가운데로 달리는 작은 트럭 위에 소 두 마리 끌려가고 있다 절망에 잠긴 서로의 눈 바라보며 서러운 눈빛 나누고 있다 막음 장치조차 없는 좁은 트럭 안에서 안간힘으로 버티고 서 있다 곧 닥쳐올 도살장 풍경 떠올리는 커다란 눈동자 속으로 주먹만 한 눈물주머니 그렁그렁 매달려 있다 힘줄 불끈 솟은 다리 터질 듯 팽팽하게 긴장하고 있다 *생애에서 제일 센 힘은 바닥 칠 때 나온다고 했던 어느 시인의 말처럼 수 억겁 윤회를 거쳐 나온 안간힘까지 남김없이 끌어올려 버텨보지만 속절없이 쏟아지는 공포의 오줌 줄기 막을 힘은 어디에도 없다 봄 햇살 속으로 날아오르는 눈물 젖은 금빛 가루 사이사이 처절함의 수포들이 잉태되고 있다

차창으로 날아드는 금빛 표피들을 바라보며 생각한다 한때 나도 저 소들처럼 불가항력으로 이끌려간 적 있었다 아무리 단말마의 비명 내질러도 누구 하나 찾아오지 않았던 아득한 나락奈落의 시간들이 있었다 발버둥 칠수록 더 깊게 내 몸뚱어리 빨아들이던 늪지대 시속 190킬로로 달려가는 자동차의 속력이 가드레일과 맞부딪치면 몸뚱어리 산산조각으로 흩어져 허공에 흩날릴 거라는 걸 알면서도 멈출 수 없었던 아득한 낭떠러지 **더이상 칠 것 없어도 결코 치고 싶지 않은 생의 바닥을 만난 저 소들 앞에서 칠 바닥조차 잃어버

린 휘청거리는 나의 고깃덩어리 눈부신 봄햇살 속으로 기어이 나뒹
굴어진다.

*배한봉의 시 '육탁'의 구절 참조
**배한봉의 시 '육탁'의 구절 참조

로드킬

참 우연히도 널 만났어

버스가 길모퉁이 막 지나 내리막길 달려가고 있던 중이었어 넌 조그마한 몸뚱어리 웅크린 채 불안한 눈동자를 두리번거리고 있었어 솜처럼 보송보송하고 눈부시게 하얬을 털은 누렇게 탈색되고 얼룩져 바람 불어도 날리지 않을 만큼 때에 절어 있었어 네 심장 감싸고 있던 살들은 말라버린 지 오래되어 버석이고 있었어

넌 흐느끼고 있었어

짝 찾아 쏟아내는 격정에 찬 목소리 아니었어 퀭하게 들어간 눈동자 뼈만 앙상한 몸피 다 드러난 어깨 위로 가녀린 삶의 시간들이 무너져내리고 있었어 휘청거리는 비탈길 내려가는 너의 울음 위로 사나운 2월 칼바람 쏟아지고 있었어 꽃잎 지는 소리에도 날아가 버릴 것만 같은 네 넋 잃은 눈빛은 맹렬한 기세로 달려오는 겨울 입김 피할 수 있는 힘이 어디에도 없었어

천 근 넘는 다리 힘겹게 한 발 한 발 너는 내딛고 있었어

생의 무게 이기지 못해 비틀대는 목숨 줄 몇 번씩 주저앉히곤 했
어 가끔씩 걸음 멈추고 허공을 향해 막막한 시선 던져 놓기도 했어
굉음 뿌리고 질주하는 버스 꽁무니 따라 푸른 눈동자 가득 아득한
그림자 채우며 휘청거리는 이승의 시간 애써 잡고 있었어 네 울음에
묻어나는 처절함은 예리한 파편이 되어 하늘 심장 뚫고 날아올랐
어 따뜻한 불빛 새어 나오는 아파트 베란다에서 주인 품에 안겨 우
아한 꼬리 흔드는 러시안 블루의 윤기 흐르는 회색빛 털을 바라보는
너의 눈에 젖은 별들이 흘러내리고 있었어

결국 넌 도로 한가운데서 쓰러지고 말았지

며칠 동안 아무것도 구경 못한 위장의 말라 버석거리는 소리 들으
며 의식을 잃어갔지 쓰러진 너의 영혼 위로 자동차들 쉬지 않고 지
나갔지 가죽만 남은 네 끊어진 숨결 속에서 붉은 꽃물들이 뿜어져
나왔지 뜨겁게 꿈틀거리는 내장들 튕겨져 나오며 처절한 울음 쏟아
부었지 그 누구도 너의 주검에 관심 갖지 않았지 감각 없는 눈길들
달려와 잠시 들여다보긴 했지만 금방 떠나버렸지 널 위해 눈물 흘려
주는 이 하나 없었지 등줄기의 살점 한 덩이 떨어져 나갔는데도 거
대한 우주는 눈 깜짝하지 않았지 시계는 무심히 돌고 있었지

네 이름은 길고양이-아무도 널 알지 못했지

슬픔의 무게

보양원 낡은 의자 위에
허느적이는 몸뚱어리 내동댕이친다

개 한 마리씩 꿀꺽 삼키고도 시침이 뚝 띤 채
철판 단단히 깔고 서 있는
음흉한 얼굴의 회색 신사들 앞에서
자꾸만 허리가 나둥그러진다

살려달라고 발버둥 치는 애절한 똥개들의 비명에도
이제는 무감각해져버린 보양원 주인은
납덩이같이 차갑고 무심하게 회색 신사의 아가리 속으로
밤, 대추, 생강 등을 섞은 한약재를 던져 넣는다

깨어진 유리창 너머 철장 안에는
죽음과 맞서겠다는 똥개들의 절망이
먹히고 싶지 않다는 처절한 몸부림이 회색 신사를 노려본다
하지만 불가항력일 수밖에 없는 운명

시커먼 아가리를 벌린 채 음흉한 미소 말아 올리는

회색 신사는 의자 위의 지쳐버린 고깃덩어리와 함께
단말마의 비명 삼키는 황구들의 유린당한 삶을
동굴 같은 아가리 속으로 기어이 집어던지고 만다

사람 기름으로 비누를 만들었다는
히틀러는 자신의 비계 속에서도
비누가 나온다는 생각은
해보았던 것일까

목젖 짓누르며 달려드는 욕지기 나는 보약 냄새
아우슈비츠에서 죽어간 유태인들의 억울한 주검들이
금방이라도 철장을 깨고 뛰쳐나온 개떼들과 합세하여
발목을 물고 늘어질 것 같아 소름 돋는다

사과를 깎으며

가끔씩 진저리쳐질 때가 있다

무심코 베어 무는 사과의 살점들이
입속으로 고이는 육즙들이
내 살과 피만 같아 소름 돋을 때 있다

나는 전생에서 한 알의 사과였나

떼어 놓을 수 없는 혈육의 정으로
오늘도 사과를 베어 물며 진저리치는 경기驚氣에 얼어붙는가

너무도 억울하게 짓밟히는 세상의 모든 나약한 것들-

　　마구잡이로 찢기어지는 종이의 날카로운 비명, 숨 한번 제대로
쉬지 못한 채 깔려버린 발밑 개미의 안타까운 몸부림, 구두 굽에 짓
뭉개진 풀꽃 한 송이의 서러운 오열, 방문 틈으로 들어왔다 집주인
의 손아귀에 잡혀 피 토하는 거미의 섬뜩한 눈빛, 빈틈없이 들어찬
쓰레기로 터질 듯 부풀어 오른 배를 껴안은 채 죽어간 고래의 절망,
플라스틱에 심장이 찔려 숨이 잦아드는 물고기의 삶에 대한 절박함,

발버둥 치며 입속에서 죽어가는 음식물들의 몸부림, 음습함 가득
찬 실험실에서 공포에 떨고 있는 수 천 수 백 마리 모르모트들, 사
육장 속에서 단말마의 비명 지르는 처절한 개들의 울부짖음, 철창에
갇혀 똥 커피만 죽을 때까지 만들어야 하는 사향고양이들의 슬픔에
젖은 눈물, 복날마다 목이 잘려나가야 하는 닭들의 분노…

…들이 떼거리로 몰려와 내 목을 요구한다

나는 지금 사과를 깎는 것이 아니라
내 살을
깎고
저미고
후벼파고
있
다

허무가 난무하는

발가벗은 여자가 대로 위에 누워 있다 흐르는 밤의 물결 속에 떠오른 나신이 요염하다 초승달이 그것을 지켜보고 있다

살과 내장 모두 발라낸 여자가 구두 굽을 또각거리며 오만하게 가고 있다 뼈와 뼈 사이로 삶의 무상함이 끼여 어리둥절해 하고 있다 초승달이 호기심 어린 눈빛을 뿌리며 기웃거리고 있다

담 모퉁이에 선 여자가 팔을 치켜든 채 애인에게 휘파람을 보내고 있다 허리에 걸린 너울이 떨어질 듯 아슬아슬하다 초승달이 두 눈을 두리번거리며 허둥대고 있다

죽음의 그림자가 광장 가득 달리고 있다 검은 모자를 쓰고 목까지 올라온 원피스를 입은 여자가 살과 뼈를 다 발라낸 여자의 손목을 끌어당기고 있다

광란한 여자 셋이 알몸으로 비명을 지르며 도로 위를 질주하고 있다 초승달이 쭈뼛거리던 얼굴을 서쪽 하늘에 숨기고 있다

화려하게 치장하고 아름다운 육체를 자랑하던 여자들이 대로 위에 뒤엉켜 머리채를 휘어잡은 채 비명을 질러대고 있다 숨어버린 초승달 따라 숨죽이고 있던 별들도 놀라 자취를 감추었다

발가벗은 여자들이 대로 위에 나뒹굴고 있다 내장이 터져 나온 옆구리 사이로 막 외출 나온 아침 햇살이 폭포수처럼 쏟아지고 있다 질주하는 차들의 행렬들은 눈부시게 무심하다

한낮의 공간 속으로 스며드는 시간

8층 아파트 베란다에 한 여자가 서 있습니다

한 남자가 차에서 내립니다
까만 승용차입니다
떡갈나무 사이로 보이는 남자는
노란색 티셔츠를 입었습니다
매미 소리가 남자를 향해 떨어집니다
노란색 티셔츠가 흔들리면서
매미들이 뱉어낸 음운들로 물들기 시작합니다
남자는 매미들이 만들어낸 음절들을 떨쳐내려는 듯
닫혀진 차 문을 엽니다
뒷문을 잡은 채 한참 동안 서서 안을 들여다보고는
쾅, 소리 내어 닫습니다
그리고는 고개를 들고 떡갈나무를 한 번 쳐다봅니다
매미들이 쏟아낸 다급한 문장들이
남자의 얼굴 위로 내리꽂힙니다
4음보에 눌린 비틀거리는 남자의 시선 위로
당황한 여름 끝자락이 허둥대고 있습니다
남자는 얼굴을 아래로 던지며 차 앞문을 엽니다

손잡이를 잡은 채 조심스레 아다지오 속으로 걸어 들어갑니다

나무 그늘을 빠져나간 뜨거운 햇볕이

남자의 목덜미 위에서 꼿꼿하게 일어섭니다

깜짝 놀라 남자의 손가락에서 도망친 자동차의 앞문이

비명을 지르며 육중한 입술을 닫습니다

허둥대던 남자가 차 문을 흔들어봅니다

닫혀버린 문은 이를 앙다문 채 꼼짝도 않습니다

막막해진 남자의 얼굴이 떡갈나무 위로 던져집니다

매미들이 뱉어낸 음표들이

남자의 몸뚱이 위에 불협화음으로 쏟아집니다

노란색 티셔츠가 검은 음표들로 얼룩이 지고 있습니다

비틀거리며 남자는 아파트 속으로 빠르게 스며들어갑니다

8층 아파트 베란다에 한 여자가 서 있습니다

고요가 고요를 허무는

푸르다 못해 검은 시월의 하늘 허리에 이고
하루를 닫고 돌아오는 골목 어귀엔
가로등도 깊은 잠에 빠져 있다

눈꺼풀 내리누르는 피곤의 껍질 발등 위에 떨어져 휘청이는 시간
전신주 아래에 술 취한 어느 남자 하나
아랫도리 드러내놓고 오줌 줄기 뿜어올린다
그렇게 할 수 있는 자유마저 박탈당한 나는
한숨소리조차 마음 놓고 드러낼 수 없다

비어버린 행간 어디에 정염의 불꽃 숨어 있을까
손가락 하나 움직이는 것도 힘드는
자정이 넘은 어둠의 공간
현관 열쇠 구멍이 오늘따라 너무 작아
피멍이 들도록 꺾어야 했다

휴지처럼 구겨진 육신 방바닥에 팽개치면
덮쳐오는 절망의 보자기
숨통 옥죄이며 통곡마저 가로막고

살아있는 것이 죄이고 고통이 되어야 하는 오늘
죽음과 입맞춤 하던 시간들이 달려와 목을 조인다

형광등 불빛 하얗게 무너져 내리는 방바닥에 널부러진
허깨비 닮은 몰골 거추장스러워
입안에 단내가 나도록 음절 하나 뱉어내지 못한 채
홀로 맞은 깊은 밤의 절망
우주를 표류하다 나락으로 곤두박질치고

따뜻한 문장 하나
심장에 피 냄새 올라올 때까지 찾아보아도
이 세상 언저리 그 어디에도 보이지 않는데
무슨 미련 남아 비굴하게 목숨 구걸하고 있는지
모든 것이 깜깜한 동굴 속으로 갇혀버린 시월의 첫새벽,

가을이 나를 죽이고 있다

사과

사과가 나를 비웃었다
나는 머리를 떼 내어 두 손에 든 채 사과를 향해 돌진했다

나의 매서운 눈매에 사과는 멈칫하다 방어태세를 갖춘 뒤 전투
준비를 했다
누구라도 나를 비웃는 자는 용서 못해
독기 품은 분노에 대지가 진저리치고 하늘이 시퍼런 칼날을 곤두
세웠다
나는 사과의 모가지를 움켜잡은 채 목젖 깊숙이 이빨을 박았다
비명 지를 틈조차 주지 않았다
눈알이 튀어나오고 핏줄이 불거진 사과는 내 분노에 떠밀려 바닥
에 내동댕이쳐졌다
산산조각으로 짓뭉개진 사과의 내장들이 도로를 점령하고 검붉
은 피를 쏟아내기 시작했다
이빨 사이에 끼어 있던 사과의 육즙들이 내장 속으로 스며들어
핏줄을 타고 흐르는 순간 나는 사과가 되었다

내가 사과를 비웃었다
사과는 나를 공격하지 않았다

그 녀석

그 여자가 출근할 때마다 그 여자네 집 창틀 위에는 그 녀석이 동그랗게 몸을 말고 앉아 있었지 그 여자가 걸을 때마다 튕겨져 오르는 또각또각 소리에 귀 기울이곤 했지 그 여자가 긴 골목을 사라질 때까지 그 녀석은 황금빛 눈에 반짝이는 물기를 담고 오래오래 바라보곤 했어 웃는지 우는지 잘 모를 그 녀석의 표정, 얼굴에 작은 경련 같은 것이 일어난 것 같기도 했어

아, 원래 그 녀석은 말이야 그 여자가 출근을 하고 나면 창틀에서 뛰어 내려와 온 집안을 순례하는 게 일과였어 제일 먼저 하는 일은 침대 위로 올라가 그 여자가 남기고 간 체온을 느끼는 것, 이불과 이불 사이에 얼굴을 묻고 냄새를 맡는 그 녀석의 표정은 참 진지했어 방바닥으로 뛰어내린 그 녀석은 방안 구석구석까지 샅샅이 뒤지며 그 여자가 남기고 간 흔적을 찾곤 했지 머리카락이라도 한 올 나오는 날이면 그것을 발가락에 감고 장난을 치고 때론 그 여자의 머리띠를 입에 물고 방안을 뱅글뱅글 돌 때도 있었어 마치 서커스를 하는 것처럼, 마치 느끼는 것처럼, 가끔씩 방안에 기어 다니는 바퀴벌레도 잡기도 하면서

찰칵, 문 열리는 소리가 나고 그 여자가 전등 스위치를 올렸어 그

여자가 제일 먼저 한 일은 창틀 위에 앉아 있는 그 녀석을 끌어안는 일, 우리 아기 잘 있었어? 심심하지 않았어? 피곤에 지친 목소리와 함께 그 녀석에게로 달려간 여자의 팔이 창틀에 닿는 순간 그 녀석은 땀범벅 된 작은 몸뚱이를 축 늘어뜨리고 말았어 그 여자의 얼굴 위로 튕겨 오르는 비명 소리가 작은 방안에 경보음을 울리는 순간 그 여자는 그 녀석을 안고 미친 듯이 계단을 내려가기 시작했어 쌍둥이 원룸이 흔들릴 만큼 날카로운 비명을 지르며 달려가던 그 여자의 구두 굽 소리 오래오래 사라지지 않고 건물 벽 사이에서 불안한 눈알을 굴리고 있었어

다음날부터 근처에 있는 원룸 입주자들은 너도나도 입방아를 찧었어 그 새까만 고양이 노란 눈알 두리번거리며 창문틀에 앉아 있을 때마다 섬뜩했는데 왜 이리 보고 싶어지지?

이른아침 풍경

　횡단보도 앞에 스님이 서 있다 등에 멘 바랑이 불룩하다 밤새 바랑은 어디에서 머물렀다 무엇을 보았기에 동도 트기 전에 쫓기듯 걸음 서두르고 있을까 신호등에 걸려있던 승용차 안의 여자 스님의 구겨진 바짓가랭이 사이로 삐져나온 긴 머리카락 한 올 바람에 날리는 것 보며 고개 갸우뚱한다 검게 깡마른 얼굴 위로 벚꽃 잎 한 장 달려와 마주 보며 미소 짓는다 지나가던 새 한 마리 냉큼 꽃잎을 가로채서 도망간다

　횡단보도 앞에 허리 꼬부라진 할머니가 마른 장작처럼 서 있다 기역 자로 꺾인 허리에 매달린 노란 보퉁이가 5개월 된 임산부 배 같다 파란불로 바뀌는 신호등이 켜지자마자 할머니는 꺾어진 허리를 한 번 뒤로 휘~릭 젖히고 달리기 시작한다 할머니가 달리는 동안 펼쳐졌던 허리는 서서히 꺾여져 다시 제자리로 간다 보퉁이 사이로 삐죽 나온 배추 시래기가 횡단보도에 그려진 하얀 선을 타고 위태롭게 흔들린다 신호등에 걸려 있던 버스 안의 기사가 할머니를 따라 불안한 시선을 옮기느라 파란 불이 들어온 줄도 모른다 4월의 여린 나뭇잎들이 할머니의 각진 허리를 애처롭게 쓰다듬는다

　횡단보도 앞에서 할머니와 스님이 나란히 선다 스님의 야구방망

이 다리가 먼저 나서고 할머니 곱장 다리 어정어정 따라간다 꼿꼿한 스님의 허리가 휘어진 할머니의 허리를 위협하며 풀 죽은 보퉁이를 휘청거리게 만든다 몇 발자국 걷다가 할머니는 꺾여진 허리를 곧추세우고 하늘을 향해 휘익~밭은 소리를 날려 보낸다 그리고 다시 땅으로 시선을 돌리고 스님의 바짓가랑이 뒤로 흘러나온 그림자를 잡고 걷기 시작한다 할머니 입술 사이에서 빠져나간 한숨이 아침 공기와 부딪혀 날카로운 비명을 쏟아낸다

한참을 걸어가자 꼬부라진 모퉁이가 나오고 스님은 바랑을 내려놓고 무언가를 찾는다 그 사이 할머니가 스님의 바짓가랑이를 타고 넘어간다 스님이 다시 바랑을 메고 할머니를 뒤따라가며 바짓가랑이를 흔들기 시작한다 휘어진 할머니 허리가 흔들릴 때마다 스님의 꼿꼿한 허리도 허청허청한다 휘감아 돌아간 골목이 보이지 않은 때까지 할머니와 스님의 모습을 지켜보던 아침 태양은 말없이 서쪽 하늘로 얼굴을 돌린다 잠시 한눈을 팔았던 차들이 빠르게 질주하기 시작한다

잔인한 선언

"잔액부족!"

자동인출기 속으로 들어갔던
카드가 튕겨져 나오며
쏟아내는 비명에
와르르 무너져 내리는
혼들의 향연

    비틀거리는 라이브카페의 감미로운 노래 극장 속 대형스크린 속에서 부르는 영화 로마의 휴일 허리 위에서 찰랑이는 앙증맞은 순백의 여름 핸드백 발목까지 내려오는 우아한 검은 쉬폰 원피스 한없이 가벼워 다리가 날아갈 것 같은 연초록의 샌들 대형 마트 진열대 속에서 손짓하는 강렬한 눈빛의 붉은 채리 교보 서점 책장 속에 들어있는 말간 얼굴의 무라카미 류의 한없이 투명에 가까운 블루 가스등 불빛 속에서 눈짓하는 포장마차 속 따끈한 우동 한 그릇 24시 마트 앞에 그득 쌓여 있는 맥주 한 캔 이틀 후로 다가온 친정아버지 생신 선물 일 년 만에 만난 딸아이와의 즐겁고 행복한 어미의 시간들 허접쓰레기 같은 삶 속으로 실낱같이 피어오르던 행복한 길 떠나기 절망에 비틀거릴 때마다 붙들어주던 아득히 멀어져간 내 몫

아닌 장미 한 송이 감히 꿈꾸고 올려다보았던 롯데월드타워 123층 555미터 첨탑 앉지도 못하면서 눈부신 비상 꿈꾸었던 가질 수 없는 애벌레의 꿈 모두 모두 바람 타고 흔적 없이 남김없이 꼬리조차 남기지 않고 도망가 버렸다 사라져버렸다 녹아내렸다 …그리고…죽어·버·렸·다

"잔액부족!"

비틀거리는 몸뚱어리 사이로 하얗게
자지러진 낮달 유혈 낭자한 가슴 덮치고
쓰디쓴 웃음 하나 시린 창틀 위로 날카롭게 꽂히던 날
불혹의 눈물 젖은 꿈
억새 하얀 섬진강 언저리에 짓뭉개져 사라진다

우울한 동침

네온사인 휘청이는
도시의 밤 위를 떠돌다
쇼윈도 앞에 얼굴 내민
붉은 구두에게
유혹당했다

하룻밤 동침하고 괜찮으면
아예 살림까지 차리자는
구미 당기는 흥정에 귀가 솔깃해
설레는 발걸음 구둣방 안으로 들이밀면
살가운 가죽 냄새 먼저 달려와 손목 휘어잡는다

함께 살게 해달라고 눈웃음치며
끌어안고 매달리는
매혹적인 눈빛 차마 뿌리칠 수 없어
살아 있는 그날까지
함께 하자 손가락 걸었다

전생에 내 가죽이었을 구두 속으로

냄새나는 고깃덩이 하나
짓이겨 넣어야 하는 모순
눈물겨운 재회
차마 뿌리치지 못하는 인연의 실타래

쇼핑 백 속에 들어앉아 얼굴 붉힌 채
올려다보는 구두 가슴에 안고
아스팔트 위로 올라서면
내장까지 치솟는
욕지기에 숨이 막힌다

애써 도망쳐 나온 전생 속으로
어쩔 수 없이 다시 묶여 들어가
오늘 밤 내 가죽과
피비린내 나는 동침을 해야 하는 사실에
진저리치면서

우울을 밀어내는 혹은 떨쳐내는 방법

밤새 술을 들어부었어 빈 내장 속 알코올로 꽉꽉 채웠어 목구멍까지 차오르도록 꾹꾹 눌러 담았어 다 털어내었는 줄 알았는데 가슴 차고 올라오는 독기 아직 남아 있었던가 봐 술이란 놈한테 지고 말았어 입술 밀치며 달려와 비웃었어 화장실로 달려갔어 분풀이를 했어 가슴 밑바닥에 바득바득 숨어 있는 너라는 놈을 꺼내 내동댕이쳤어 그래도 나오지 않고 뒷걸음치는 네놈 꺼내기 위해 버둥대는 손가락까지 쑤셔 넣었어

심심해서 들른 시장 안에서 닭 한 마리 샀어 털이 다 뽑혀 숨이 멎어버린 닭을 피할 수 없었어 애원하는 할머니 나뭇등걸 같은 손도 차마 외면할 수 없어 기어이 시장바구니에 담았어 인삼 두어 뿌리 대추 한 줌 통마늘 몇 개 생강 밤 등도 구색 맞춰 냉장고 속에 넣어 두었어 열대야 때문인지 잠이 오지 않았어 창밖 떡갈나무 위에서 수런대는 참새들의 부산함이 눈꺼풀을 밀어 올리며 햇살 한 뼘을 데리고 왔어 뒤척거리다 일어나 닭을 씻었어 미끈거리는 닭 껍질에 손이 닿는 순간 소름이 오돌돌 돋았어 고압 전류가 심장을 관통하며 온몸의 세포들 진저리치게 만들었어

긴 목을 늘어뜨린 채 웅크리고 있는 닭 몸뚱어리가 내 몰골 같았

어 마취제에 붙잡혀 눈만 뜬 채 꼼짝 못 하는 느낌 의사들의 무수
한 눈빛 번득이는 칼날 속 모르모트 같은 끔찍함 애써 떨구어 낸
채 껍질을 당겼어 살갗 속에 예리한 칼날을 디밀었어 벗겨지지 않는
곳은 쥐어뜯었어 지, 지, 지, 지~직, 살갗 찢어지는 소리가 집안을 가
득 채웠어 내 몸피에 붙어 있던 너의 흔적도 함께 발라내었어 남김
없이 찾아내어 시궁창 속으로 던져 넣었어

　삼계탕이 끓고 있어
　인삼과 대추와 고기가 어우러진 향내가 눅진한 시간들을 몰아내
고 있어
　아, 참
　그러고 보니 오늘이 말복이야 곧 가을이 오고 귀뚜라미 노래도
따라올 거야

안경을 벗고 싶다

안경 벗고 바라보는 창밖에는
아름다운 것 아직 많이 남아 있다
투명한 유년의 꿈이
박하 향내처럼 상큼했던 첫사랑이
푸른 하늘 위에 미소 짓던 젊은 날의 허물이
안경 벗고 바라보는 강물 위로 흐르고 있다
빛바랜 고무신 뒤축으로 짓뭉개버리기엔
안타까운 내일들이
안경테에 걸려 바둥거리는 이른 아침
빈 가지 위에 앉아 있는 까치 한 마리
그리움 안고 달려오는데
홀로 얼어붙은 강가에서 나는 왜 오늘도
안경을 끼지 않을 수 없나
깊은 산 속 구석까지 쓰레기가 쌓이고
푸른 숲에 뒹구는 빈 농짝들을 보며 절망해야만 하나
허연 배 드러낸 채 강물 뒤덮고 있는
물고기 떼를 보며 가슴 찢기어야 하나
안경을 벗은 채 살고 싶다
짧은 가시거리에서 아지랑이처럼 피어오르는

신기루의 아름다움
그 간절한 그리움을
안경 벗은 눈으로 바라보고 싶다
밥 먹는 것조차 힘들만치 두꺼워져 버린
내 눈의 수정체 위에
아직도 남아 있는 희망을 보고 싶다

불면. 2

손톱을
자
르
다
가

손톱을
자
르
다
가

손톱을
자
르
다
가
.
.
심장까지잘라버렸다

희극戲劇

한 남자가 내 목을 칼로 베었다

잘려진 목덜미에서 붉은 피가 솟구쳐 올랐다 목줄기에서 떨어져 나간 머리통이 데구루루 도로를 굴렀다 도로를 구르던 머리통이 차바퀴에 깔려 짓눌렸다 차바퀴에 깔려 짓눌린 머리통에서 눈알들이 빠져나왔다 차바퀴에 깔려 짓눌린 머리통에서 빠져나온 눈알들이 도로 위를 정신없이 굴러다녔다 차바퀴에 깔려 짓눌린 머리통에서 빠져나와 도로 위를 정신없이 굴러다니는 눈알들을 피하느라 차들이 사방에서 충돌했다 차바퀴에 깔려 짓눌린 머리통에서 빠져나와 도로 위를 정신없이 굴러다니는 눈알들을 피하느라 사방에서 충돌한 차들 사이로 눈알 빠진 얼굴들이 나타났다 차바퀴에 깔려 짓눌린 머리통에서 빠져나와 도로 위를 정신없이 굴러다니는 눈알들을 피하느라 충돌한 차들 사이에서 나타난 눈알 빠진 얼굴들이 사방을 돌아다니며 웃음을 쏟아냈다 차바퀴에 깔려 짓눌린 머리통에서 빠져나와 도로 위를 정신없이 굴러다니는 눈알들을 피하느라 충돌한 차들 사이에서 나타난 눈알 빠진 얼굴들이 사방을 돌아다니며 웃음을 쏟아내자 거센 바람이 불기 시작했다

얼굴 없는 내가 목구멍 속으로 붉은 피를 쏟아내면서 거리를 활

주했다 거리마다 꽉꽉 들어찬 사람들이 얼굴 없는 나를 보고 손뼉을 치며 큰 소리로 웃었다 얼굴 없는 나도 손뼉을 치며 소리 내어 웃었다 얼굴 없는 나는 온몸을 좌우로 흔들며 목구멍으로 웃었다 얼굴 없는 내가 웃을 때마다 목구멍 속에서 붉은 피가 분수처럼 솟아올랐다 얼굴 없는 내가 웃을 때마다 목구멍 속에서 붉은 피가 분수처럼 솟아올라 거리로 넘쳐 흘렀다 얼굴 없는 내가 웃을 때마다 목구멍 속에서 붉은 피가 분수처럼 솟아올라 거리로 넘쳐흘러 거리는 금방 피 홍수가 났다 얼굴 없는 내가 웃을 때마다 목구멍 속에서 붉은 피가 분수처럼 솟아올라 거리로 넘쳐흘러 거리는 금방 피 홍수가 나는 바람에 사람들은 모두 피바다에 휩쓸려 떠내려갔다 얼굴 없는 내가 웃을 때마다 목구멍 속에서 붉은 피가 분수처럼 솟아올라 거리로 넘쳐흘러 거리는 금방 피 홍수가 나는 바람에 사람들은 모두 피바다에 휩쓸려 떠내려가고 얼굴 없는 나는 멈추지 않고 계속 웃었다

얼굴 없는 나는 웃음 멈추는 법을 잊어버렸다
얼굴 없는 나는 어느 순간 웃음을 멈추었다
얼굴 없는 나는 몸의 피가 다 말라버렸다
얼굴 없는 나는 웃음을 찾을 수 없었다
얼굴 없는 나는 미라가 되었다

미라가 되어버린 내 몸뚱어리가 거리마다 넘쳐나고 있는 피를 들이마시기 시작했다 미라가 되어버린 내 몸뚱어리 속으로 거리의 피

들이 남김없이 빨려 들어왔다 미라가 되어버린 내 몸뚱어리를 바라보느라 한눈을 팔던 충돌한 차들 사이에 있던 눈알 빠진 얼굴들의 눈알 구멍 속에서 거센 회오리바람이 불어 나왔다 충돌한 차들 사이에 있던 눈알 빠진 얼굴들의 눈알 구멍 속에서 불어나온 거센 회오리바람이 몸속으로 함께 흘러들어왔다 충돌한 차들 사이에 있던 눈알 빠진 얼굴들의 눈알 구멍 속에서 불어나온 거센 회오리바람 때문에 내 몸이 점점 부풀기 시작했다 충돌한 차들 사이에 있던 눈알 빠진 얼굴들의 눈알 구멍 속에서 불어나온 거센 회오리바람은 더욱 거세어졌다 충돌한 차들 사이에 있던 눈알 빠진 얼굴들의 눈알 구멍 속에서 불어나온 거센 회오리바람 때문에 거리에 있는 모든 것들이 바람을 타고 내 몸속으로 흘러들어왔다 충돌한 차들 사이에 있던 눈알 빠진 얼굴들의 눈알 구멍 속에서 불어나온 거센 회오리바람 때문에 내 몸은 자꾸만 커져갔다 충돌한 차들 사이에 있던 눈알 빠진 얼굴들의 눈알 구멍 속에서 불어나온 거센 회오리바람을 먹고 어느 사이 난 우주가 되어버렸다 충돌한 차들 사이에 있던 눈알 빠진 얼굴들의 눈알 구멍 속에서 불어나온 거센 회오리바람 때문에 우주가 되어버린 내 몸은 커질 대로 커져 더이상 커질 수 없었다 충돌한 차들 사이에 있던 눈알 빠진 얼굴들의 눈알 구멍 속에서 불어나온 거센 회오리바람 때문에 내 몸은 마침내 폭발하고 말았다.

　나는 사라졌다

제2부

나도 모르게
울컥 올라오는
내면의 고통

불임不姙

내가 잉태한 詩는
음표조차 매달 수 없는
용도 없는 백지

무정란의
씨앗

불면.1

053

목젖까지

차오른 슬픔

심장 속으로 구겨 넣으며

숨 가쁘게

새벽이 달려오는 시각

창백해진 얼굴의

한 여자

충혈된 눈동자에

서슬 퍼런 칼날

세우고 있는

거울 속 여자의

숨통을

조

이

고

있

다

잉태하지 못한 문장을 쓰는 시간

밤새 목이 조이고 번득이는 칼날 앞에 숨이 막혀버린 영혼 공포
의 단말마 내질렀지만 아무도 손 내밀지 않았다

밤새 휘갈겼던 종이 위에는 그 어떤 부호들도 쓰여 있지 않았다
쉼표도 마침표도 그토록 날아다녔던 공포의 음소 하나 없었다

음운도 분절음운도 운소도 없는 영혼 잃은 문장들은 잠시 들어왔
다 빠져나간 희망이 머물렀던 빈 행간 사이에 숨어 음절마저 꽁꽁
감춘 채 절망 속을 빠져나오지 못하고 있었다

죽음의 문턱 수없이 드나들며 끊어지는 숨통 부여잡다 간신히 깨
어난 아침이라는 것도 빈 종이 위에 숨어 버린 문장들은 말하지 못
했다

겨울 햇살 한 뼘 찢어진 입술 감추지 못한 채 힘없이 웃어도 갈피
갈피 숨어버린 피투성이 문장들은 끝내 모습 드러내지 않았다

살아 있어 슬프다고 살아 있는 것이 욕된 오늘이라고 넥타이 끈으
로 행간의 목을 조였다는 사실도, 차라리 시간이 열리지 않았더라

면 짓누르며 다가오는 시간의 갈피 앞에서 벌거벗은 채 떨지 않아도
되었을 것이라는 것도 모음과 자음은 끝내 외면했다

　수식 없는 문장만이 행간의 갈피갈피 숨어든 채 온종일 눈치만
보고 있었다 올려다본 하늘조차도 살아 있는 모든 문장들을 잊어버
린 듯 딴청을 부리고 있었다

형광등이 깜빡이는 시간

쏟아져 내리는
불빛 아래 누우면
나는 박제된 한 마리 나비

매끄럽고 유혹적인 문장 위를
날아보지도 못한 채
위태롭게 구겨져 버린 외면당한 낱말

화려한 수식어가 난무하는
밀폐된 방안에 갇힌
방향 감각 잃어버린 찢겨진 영혼

노랗게 무너져내리는
하늘 계단 위에 갇힌
깃털 달린 노오란 병아리

눈 뜨면 추락하는 날개 간신히 붙잡고
쏟아져 내리는 불빛 속으로
어지럼증 토해내면

어지러워

어지러워

빙글빙글 지구마저 돌아가고

그 어지럼증 한 모금이면

죽음보다 깊은 잠에

빠져든다

잠 같이 깊은

죽음 속으로

스며든다

참으로 아이러니한

바람은 늘 나를 향해 불고 있었다

나는 바람을 만들지 않았다 그런데 바람은 늘 내 곁에 있었다 시간이 도착하지 않았는데 시작이 찾아왔다 시작은 보이지 않았는데 끝이 얼굴을 내밀었다 출렁대는 시간들의 몸뚱어리에 휘감겨 시작과 끝이 다투고 있었다

첫눈이 내렸다 나는 밖으로 나가지 않았다 눈 위로 하얀 나의 발자국이 새겨지고 있었다 겨울 잇몸 사이로 차가운 눈의 옷자락이 휘몰아쳐 들어왔다 휘몰아쳐 들어온 눈속에 너의 그림자가 울고 있었다 울고 있는 너의 그림자 위에서 내가 앉아 울고 있었다

너를 만난 적이 없는데 나는 너를 기억하고 있었다 나의 기억 속으로 너의 발자국 소리는 들어오지 않았다 발자국 소리에 묻혀 이야기 하나가 웃고 있었다 웃고 있는 이야기는 나를 모르고 있었다 나를 모르는 이야기를 너는 보고 있었다

내 이야기 속으로 네가 걸어들어왔다 내가 만든 이야기 속에는 이야기가 들어있지 않았다 너는 내 이야기 속에 없고 나는 네 이야

기 속에 있었다 이야기는 너를 낳고 너는 나를 낳고 있었다 네가 낳
은 나는 바람을 낳고 있었다 내가 낳은 바람 속에는 바람의 그림자
가 보이지 않았다 보이지 않은 그림자 속에서 바람이 등을 돌리고
앉아 울고 있었다

바람은 늘 있었다

잃어버린 문장

얼어붙은 한강 사이로
버스는 달음박질치고

일상에서 탈출한 심장은
가쁜 숨 간신히 부여잡은 채 비틀거리고

갈 곳 상실한 의식
겨울 강가에서 미아가 되고

어젯밤부터 찾아온 쓰라린 눈물 덩이
기어이 발등을 찍고

방향 감각 잃은 자음과 모음들
피투성이 행간 속으로 곤두박질치고

고양이가 있는 풍경

한 여자가
아스팔트 위에서
고양이 목을
짓누르고
있
다

몸부림치는 고양이
눈동자에 시퍼런 불꽃 일렁이는데
무심한 표정의
창백한 얼굴의 여자
꿈틀거리는 핏줄 치켜세운 채
손목으로 독기를 쏟아붓고 있다

피아노 건반 위에서
우아하게 춤추던 손가락들
오늘은 고양이 목을 누른 채 뾰족한
손톱 날카롭게 갈며
기어이 피를 보겠다고

진저리치고 있는데

검은 원피스 위로
안간힘 쓰며 내려앉는 잿빛
잿빛
잿
빛
고양이의 털

으스름 몰려오는
아스팔트 한가운데서 여자는
그렇게 고양이 목을 조이고 고양이는
여자의 손목에 발톱을 박은 채
끝날 줄 모르는 싸움
계속하고 있다

불면의 갈피

장미꽃 한 송이
목이
잘렸다

살점 떨어진
목줄기 위로
낭자한 선혈

붉은 울음
천둥 속으로 곤두박질치고
재활용 봉지 속으로 처박힌 찢어진 문장들

비명 사이로 자지러진다
절벽 아래로
추락한다

잡을 수 없는
아득한 당신의 허공
흩어지는 시간의 표피들

행간의 숨통 조여오는 물안개
새벽이 첫울음 터트리는
미명의 갈피

하얗게 탈색된 입술 위에
피 토하던 문장 사이로 날뛰던
오선지를 버린 음표들

결국
사랑을
죽였다

오델로 증후군

입에서 단내가 난다

땀이 마른 지 오래되었다

몸속 수분 다 빠져나갔다

비릿한 피 냄새 진동한다

뒤틀린 내장 솟구친다

복날 먹은 삼계탕 꿈틀거리며 올라온다

닭똥집 냄새가 난다

아수라阿修羅 지옥에 떨어진다

비가悲歌

나둥그러진 길 위에선
언어도 죽고
의식도 죽고
죽음도
주검 위에서 춤을 춘다

싸늘한
시간은
네 눈물의 행간 속에서
맴돌며
흐느끼고

마지막까지 남아 있던
한자락 통곡의 빛
냉소 섞인
시선 속에
숨을 거둔다

마음과 시간의 경계

고양이 목을
밤마다 조르는 이유는
언제나 이성을 배반하는
본성을 죽이기 위함이다

가슴에 불을 붙여
뜨거운 용암 들끓게 만들어
미쳐 날뛰게 하는
가을의 유혹을 제거하기 위함이다

밟아도 밟아도 또다시 솟아올라
반듯하게 고개 치켜뜨며
말간 눈동자로 순진을 가장하는
위선을 짓뭉개기 위함이다

목젖까지 차오른 욕망
아니라고 끝내 부정하며
돌멩이를 던져버린
비겁함을 단죄하기 위함이다

고양이의 숨통을

기어이 끊어내지 못한 것은

하나뿐인 나의 생을

차마 버릴 수 없기 때문이다

고통의 소나타

잠들 수 없다

잠잘 수 없다

눈 감는 순간 닥쳐올 죽음의 그림자

목젖 쥐어뜯는 단말마의 비명

난도질당하는 영혼

그런데,

아무것도 할 수 없다

할 수 있는 게 없다

인기척도 없다

세상이 내 목에 칼을 꽂았다

시간의 늪

이별 뒤에도
의식의 이불 속엔
언제나
네가 누워 있었다

늘어나는
발자국 소리마다
무덤 하나씩
만들어놓고

너는
그렇게 늘
미완의 숲속을
헤엄치고 다녔다

뜨거운 사막의 모래바람 타고 달려와
사루비아 꽃술 속으로 숨어들었던 너는
이른 아침 이슬빛 속에서
이별을 먼저 훔쳐보았지

이젠 떠나고 싶다
꿰맬 수조차 없을 만큼
찢기어져 만신창이 된
동강나버린 형극의 숲으로부터

장미정원. 1

그녀의 문장에서는
슬픈 냄새가 묻어난다

사랑의 빛깔도
행복의 부피도
그리움의 자락도
그녀의 행간 속에서는
피워내지 못한 울음으로 흐르고 있다

봉숭아 꽃잎 터지는 웃음도
오랜 산고의 숨막혔던 시간들도
침묵해야 했던 처절한 사랑도
그녀가 빚어 놓은 문장 속에서는
붉은 빛깔로 물든 푸른 울음 속에 스며있다

채 담아내지 못한 아픔의 무게들도
검붉은 행간을 타고 솟아오르고 있다
오래된 암호처럼
영원히 해독할 수 없는 난해한 문장으로

음울하게 숨죽이고 있다

발설하지 못해 육화되어 버린
비밀스런 관능은 행간마다
갈피마다 불안한 눈빛으로 흔들리고 있다
들썩이는 입술을 앙다문 채
영혼을 물어뜯고 있다

이별.1

그의 가슴 향해
비수 한 자루
내리꽂는다

다시는
네가 볼 수 없도록
사라질 거야

눈부신 오월 하늘 위에
피눈물 동이째
쏟아부으며

목구멍이
찢겨나가도록
통곡하던 날

나를
죽
였
다

소주의 변명辨明

나의 우울이
저 가을 햇살을 뛰어넘어
찬란한 우주에 닿을 수 있다면

나는 오늘
전기의 재료가 된다는
눈물 한 병
쏟지 않아도 될 것을

북풍의 칼날에도
스러지지 않은
독한 절망
너의 목구멍 속으로
털어 넣지 않아도 될 것을

접시

하얀 귀
도려내어
탁자 위에 올려놓는다

오직 너를 위해 공명할
나의 두 귀
천 년의 기다림

뜨거운 울음소리
토해내던
서걱이던 갈대밭

반짝이는 눈동자 속으로 쏟아져 내리던
직녀의 눈빛
기다림으로 타올랐던 붉은 동백

솟아오르는 핏덩어리 목구멍 속으로
구겨 넣으며 돌아서야 했던 어제도
찢어진 영혼 꿰매야 하는 오늘도

도려낸 하얀 두 귀 위에
남김없이 담겨져 있다
다 기억하고 있다

널 위해서야
모든 것은 널 위해 만들어진 것이야
너가 원하는 꿈 다 채워줄 수 있어

소리 없이 스러져가는 별빛 속에
머리 풀어헤친 채 내장까지 발라내고
벌거숭이로 앉아 너를 기다리는

나의 두 귀

사랑의 원근법

안개꽃 한다발
이슬로 멀어지고
당신은 둥글게
전설 속으로 들어간다

눈빛 따사롭던 오후
당신이 서 있던
산등성이엔
가을이 내리고

별빛에 녹아든
맺지 못할 언어
바람 허리에 매달려
바둥거리는 시간

오늘
당신을 위해 마련한 성찬
녹슨 철조망 위에 걸린
한 조각 눈물빛이다

몸살

창문 타고 달려온
바람
봄비를 몰고 왔다

두 눈 속에 들어있던
반짝이던 별
숨어버렸다

비 향내에
젖은 몸
붉은 장미 피워 올린다

날아오르지 못한
짓눌린 꽃밭의 향기
꿈속으로 자맥질한다

외출 나갔던 영혼
비 냄새에 젖어
책갈피 속으로 스며든다

휘청거리던 시간들

낱낱이 분해된 몸피 사이에

식은땀 쏟는다

이별.2

네가
비웃어 넘긴
시월 하늘 위로
길 잃은
낙엽 한 장
휘청거리고

네가
잔인하게 짓밟아 버린
땅 위에선
고통 속에 몸부림치며
돌 하나
죽어가고 있다

*갈매기의 꿈

생일날 이른 아침
해묵은 시집 한 권
상위에 올려놓고
숟가락을 든다

푸석한 밥알갱이들 목구멍에 걸려
울음 쏟아진다
피투성이 되어버린 이루지 못한 꿈
천장 위를 떠다니다
바닥으로 곤두박질친다

뭉크의 절규
폭우 속으로 휘몰아치고,
병든 개들 질퍽거리며 뛰어다니는
장마가 흥건한
말복의 길목

해묵은 시집 속에
미처 피하지 못하고 숨어있던

상처 입은 시어들
생일상 위로 내리꽂힌다
**조나단이 달려와 등줄기를 후려친다

*리처드 버크 『갈매기의 꿈』에서 따옴
**『갈매기의 꿈』속에 나오는 주인공의 이름

모기

피비린내 몰고 온
그의 얼굴을 보면
소름이 돋는다

서늘해진 심장 진저리친다

그의 입에서 튀어나오는
XX 라는 날카로운 선전포고가
밤공기를 찢는 날엔
내 가슴 속에선
살인의 음모가 꿈틀거린다

잠 못 이룬 채
그의 침상을 노려본다

불시에 덮쳐 올
그를 막기 위해
나는 언제나
비수 하나 단단히

움켜잡고

오늘도

하얗게

밤을 색칠한다

시행착오

안전벨트를 하지 않은 게
잘못이었다
느슨해진 옷자락 사이로
뜨거운 바람 한 조각
들어올 수밖에 없었던 것은

제어장치도
말을 듣지 않았다
숨 돌릴 시간 없이
추스를 빈 공간조차 남겨 두지 않은 채
바퀴는 흘러가고 있었다

굽이진 언덕 넘어
넓은 평야를 지나
거센 파도 숲 헤치고
하늘 끝닿은 곳으로
달려가고 있었다

아, 아, 그날은

출발부터가 잘못이었다
일기예보를 듣지 않았던 게
가장 큰
실수였다

출발부터가 잘못이었다
일기예보를 듣지 않았던 게
가장 큰
실수였다

담배에 불을 붙이는 시간

새벽 두 시에 깨어
양을 찾는다

양 백 마리
양 구십구 마리
양 구십팔 마리

아무리 찾아도
양은 나를 외면하고
새벽 불빛도 나를 외면하고
잠도 나를 외면하고
꿈도 나를 외면하고

양 한 마리까지
수십 번을 되뇌어도
도망가버린 잠은
양을 되돌려주지 않는다

양 백 마리

양 구십구 마리

......

양 한 마리

동녘에 붉은빛
찾아오고

지평선 위로
담뱃불 하나 날아오르고 있다

삼인성호三人成虎

서울 안 가 본 사람이
서울 가 본 사람보다 더 잘 아는 요즘
쏟은 말도 안 했다고 우기면
들은 사람 병신 되는 시대

몇 사람 모여
한 사람 바보 만드는 일은
식은 죽 먹기보다 쉬운 세상
분통 터져도 하소연할 길 없어

애꿎은 가슴 치며 피멍 들게 만들어도
벗어날 길 없는 억울함의 감옥
버리지 못할 목숨 줄 그래도 놓지 않으려면
벙어리 십 년 귀머거리 십 년 소경 십 년은 필수조건

그걸 다 지키기 전 가슴이 먼저 터져
내장은 썩어 시궁창 냄새 진동해
참을 수 없으면 지구를 떠나야 해
대뇌피질 신경세포 죽여야 해

일탈

조금,

아주 조금이야

눈곱만큼 먼지만큼 아니 그보다 더 작게 아주 미세하게 미끄러져 나갔다 되돌아왔어 그날따라 바람이 찾아온 것이 원인이었어 머리카락 휘저으며 옷자락 들치고 가슴속까지 밀고 들어와 몸뚱어리 흔들기 시작하면서 삐걱거리게 된 거야 물론 안간힘 쓰며 버티었지 넘어지지 않으려고 얼마나 애썼는지 상상 못할 거야 온몸에 식은땀 비 오듯 흐르고 다리에 알이 배기도록 용을 썼는데도 버틸 수 없었어 그냥 조금 삐걱한 것뿐인데 넘어지고 말았어 그래 알아 다 알고 있었어 일어서면 된다는 거 일어설 수도 있었어 그런데 일어서고 싶지 않았어 너무 편안했거든 행복해졌거든 넘어져 올려다본 하늘이 참으로 아름다웠거든 언제 저처럼 눈부신 하늘 내 것으로 가져 보았던가 억만년 전 일처럼 기억나지 않았어 하늘과 땅이 맞닿아 시간이 정지된다면 얼마나 좋을까 하는 생각 수없이 많이 했다는 걸 느꼈어 머리 위로 용암이 쏟아져 내려와 화석이 되었으면 좋겠다고 울음 쏟아냈던 기억들도 모두 떠올랐어 언제 내가 하늘색이 어땠는지 보면서 살았을 거 같아? 생각이란 것을 했던 시간들이 있었나? 지금까지 아무것도 느끼지 못한 채 목숨만 겨우 부지하고 왔다는

걸 깨달았어 모르모트처럼 사육당하고 있었다는 걸 그때야 눈치채
게 된 거야 정말 내 머리 위의 하늘, 가을 하늘이 있다면 하이힐 뒷
굽이 갑자기 절단 난 순간, 그런 순간이 자주 왔으면 좋겠어 온몸이
그대로 굳어져 도망칠 수 없었으면 좋겠다 그렇게 생각했어

그래
정말이야
조금이야
아주
조
금

홍수

숨 가쁘게 달려온 소식들이 급하게 책갈피를 펼치고 있습니다

사나운 얼굴을 한 폭우가 행간 사이를 뚫고 들어옵니다

거칠게 밀치며 회오리바람도 뒤따라옵니다

두려움을 조작하며 천둥도 합세합니다

번개도 지지 않겠다며 공포의 동굴 속으로 가둬놓습니다

빠르게 쓰여지고 있는 이야기들이 너무 무섭고 참담해 잠을 잘
수 없습니다

책갈피 사이로 쉼 없이 드러나는 눈물 젖은 언어들이 심장을 도
려내고 있습니다

무너진 다리들이 오선지를 빠져나오려고 몸을 비틀며 울부짖고
있습니다

집들이 물속으로 떠다니고 강아지와 소들이 갈 곳을 잃은 채 서러운 울음을 쏟아내고 전봇대가 뽑히고 몇 천 세대의 전기가 끊어졌다는 이야기도 책장 사이로 어수선하게 떠돌고 있습니다

채 영글지도 못한 과일들이 숨이 멎고 비닐하우스가 물바다 속에서 허둥거리고 꽃밭의 꽃들이 모두 망가졌다는 절망들도 갈피 갈피에 숨어 불안한 눈동자를 굴립니다

건물들이 붕괴되고 차들이 매몰되었다는 참담한 그림과 함께 떨리는 문장들이 울먹이고 있습니다

산사태가 일어나고 열차 운행이 중지되었다는 소식을 듣고 음표들이 숨가쁘게 뜀박질을 하고 있습니다

아직 중간밖에 열리지 않은 책장 속에서 슈베르트의 마왕이 달려오는 소리가 들리고 있습니다

더 이상 책장을 넘기는 게 두렵습니다

제3부

그 시절,
사랑했던
이름들

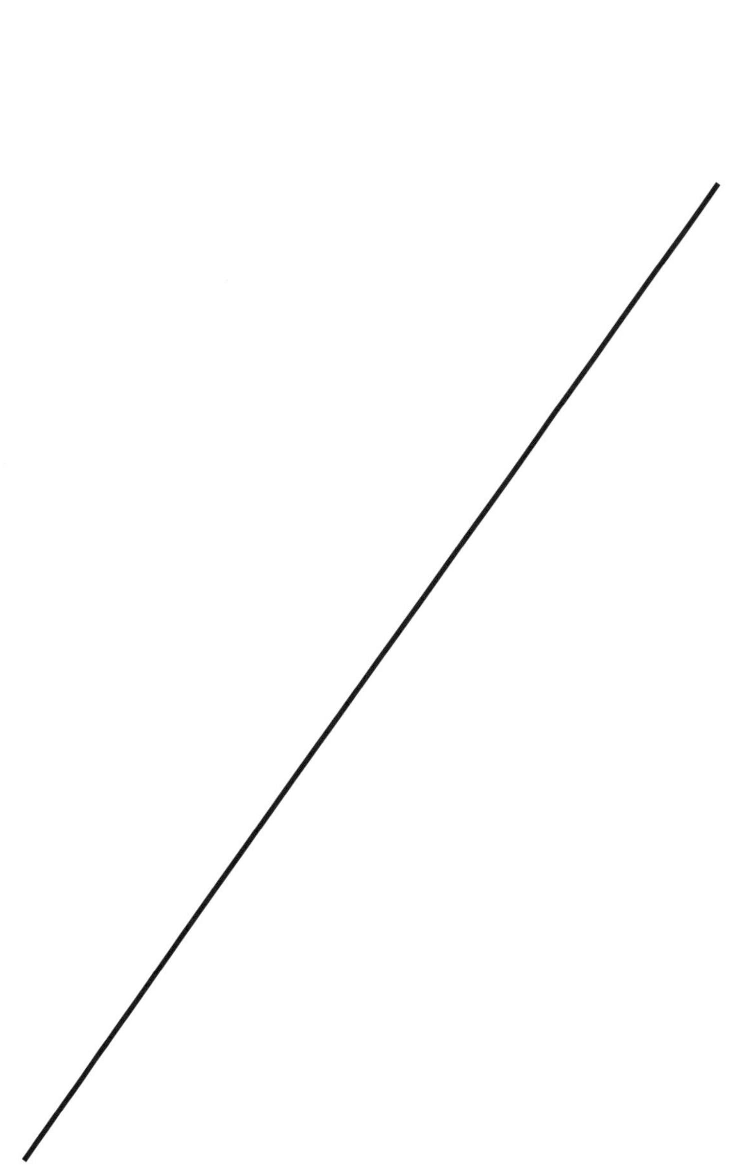

기다림.1

꿈결인 듯
바람결인 듯

가슴 언저리에
향내로 내려앉은
그대

행여 오실까
첫눈은 저리도
쏟아지는데

멀어져가는
기차 소리
애가 끊는데

첫사랑

기차가 설 때마다
그 아이 눈빛
푸른 물보라로 피어났다

멈추었다 달려가는 기차 위로
그 아이 하얀 얼굴
은사시나무로 빛나고 있었다

라일락 꽃잎 한 장 물고 날아온
파랑새 한 마리
이마에 내려앉았다

보랏빛 노을 나뭇가지에 걸리고
흐르던 시간들
침묵 속으로 빠져들었다

기차가 멈추고
플랫폼 밖으로 걸어 나간 그 아이
자작나무 숲 사이로 사라졌다

첫눈

심장이
떨어지는 줄 알았어
당신이 내 손을 잡았을 때

핏줄이
녹아내리는 줄 알았어
당신이 내 뺨을 어루만졌을 때

우주가 흔들리고 있었어
당신이
내 입술 위에 내려앉았을 때

죽어도 좋다고 생각했어
당신이
내 몸속으로 스며들었을 때

여름과 겨울 사이의 문장

겨울 바다에서 만났지 우리는

오랜 빙하기를 거쳐 달려온 이야기 하나 여름 바다에서 겨울 바다
로 뛰어들었지 너는 나의 얼굴 위로 눈부신 햇살 한 줌으로 내려앉
았고 나는 보표 위에 서서 G 선상의 아리아를 그리며 겨울 해바라
기처럼 긴 목을 드리우고 있었지 하늘도 이분음표로 뒤따라 왔지

말없이 수평선을 바라보며 걸었지 호기심 많은 겨울바람 옷깃 사
이를 비집고 들어와 부끄러움에 젖은 귀 기울이기 시작했지 그런 것
에 신경 쓰지 않았지 이따금 미소를 지었고 소리 내어 웃기도 했지
수줍게 혹은 햇살처럼 밝게 때로는 오월처럼 싱그럽고 푸르게 그러
다 문득문득 늦가을처럼 쓸쓸하게 애잔하게

너는 내 손을 호주머니 속으로 데려갔지 여름 바다의 뜨거움이
두근거리는 마음이 너를 따라 조심조심 움직였지 너의 손과 만난
나의 기다림이 설렘으로 떨고 있었지 나의 마음과 만난 너의 그리
움이 울컥하고 있었지 겨울바람이 낮은음자리표로 달려와 두근거림
과 떨림 사이를 비집고 들어오려 했지만 틈이 없었는지 메조 스타카
토를 만들고만 있었지 그것에 신경 쓰지 않았지 나에게는 너의 마

음만 보였지 너는 알레그로로 뛰는 나의 심장만 느끼고 있었지

　모래 위를 따라가며 시간의 다리를 새겨놓았지 윤슬 가득 내린 겨울 바다 지키고 있는 갈매기 떼가 손짓하는 곳으로 소리 없이 스며들어 갔지 말없이 말도 없이 말을 못하면서 그래도 모래알만큼이나 수많은 언어들을 빚어내면서 소중한 문장들을 쌓아 올렸지 모래밭에 남은 발자국들 바다 울음소리로 지워지고 높은음자리표에 그려진 젊은 날 초상은 여름을 잊은 겨울 바다 위에 서서 문득문득 아련한 수채화를 낳기도 했지

　여름이 낳은 겨울 - 그 겨울과 여름 사이의 문장들 속에서 채 맺지 못한 청춘은 다하지 못한 이야기들 바닷속으로 흘려보낸 채 기약 없는 만남의 약속 파도 갈피에 끼워둔 채 그렇게 떠나왔지 모래의 행과 행 사이 촘촘히 새겨놓은 떨어지지 않는 발자국들의 한숨들 갈매기 날개 속에 묻고 눈물로 얼룩진 미완성 입맞춤 모래밭 그림자로 세워두고 완결되지 못한 매서운 칼바람 심장 속 비밀로 간직한 채 다시는 만들지 못할 이야기 가슴으로 써 내려갔지 애잔한 눈빛으로 배웅해주는 갈매기들의 이별가를 뒤로 둔 채 그렇게

　겨울과 여름 사이의 문장을 지웠지 우리는

장미정원

쉿,
미밀이에요*
그녀가 나지막하게
음표를 빚어내는 순간
꽃들이 수런대기 시작했다

흙의 행간 속을 흐르던
호기심 많은 씨앗들은
발아도 미뤄둔 채
그녀의 비밀을 듣기 위해
아슬아슬한 발돋움을 시작했다

가슴을 풀어헤친 바람이 조심조심 다가왔다
갈피마다 숨어 있던 비밀들은
머리카락 뽑어내며
닦달하는 바람의 심문 앞에서
붉은 알몸뚱이를 드러낼 수밖에 없었다

나는 사랑했을 뿐이야

뒤따라온 나뭇잎 한 장이
변명하는 뺨을 후려쳤다
그녀는 넘어지면서
다급한 음절들을 퍼부었다

나는 사랑 받고 싶었을 뿐이야
공허한 문장들이 마른 공기를 가를 때
비밀의 정원이 무너지고 있었다
가시 박힌 그녀의 다리 사이로
검붉은 하늘이 쏟아지고 있었다

* 영화'쉿! 그녀에겐 비밀이에요'에서 참고함

벼랑에 핀

그 꽃은

광란한 회오리바람 빛이다

당신을 가둬 죽이려 한다

당신의 심장을 도려낼 칼날을 갈고 있다

당신이 동맥을 자를 수 있는 시간을 엮고 있다

당신의 영혼을 남김없이 앗아가려 한다

그런데 당신은

사랑할 수밖에 없다

거부할 수 없이 매혹적인

그 꽃을

꽃샘바람

고층 백화점 지하주차장 B3 11번 홈에서 당신을 기다립니다 나
란히 선 1 자가 마음에 들어 넓은 자리 다 버린 채 지키고 있습니다
영원히 오지 않을 수도 있는 당신을 생각합니다

먼저 달려온 심장이 두근거리는 詩語들을 불러모읍니다

나란히 나란히 당신과 더없이 정겹게 숨 막히는 세월의 혼돈 속
헤치고 눈부신 봄꽃 피워올리며, 설레는 손 마주 잡고 끝없는 길 달
리고픈 마음 11 번 홈에 남김없이 부려놓고 있습니다

심장이 8분음표로 뛰기 시작합니다

꽃샘바람 몰려오는 3월 햇살의 눈웃음 속으로 꽃봉오리들이 깔깔
거리고 있습니다 해맑은 아기 미소 닮은 노란 개나리 순백의 신부처
럼 눈부신 목련 뜨거움이 진저리쳐오는 붉은 동백 한없는 그리움의
행간 속으로 빠져들게 만드는 산수유가 분홍빛 아리아를 그려내는
해그름녘입니다

심장이 음표와 음표 사이에 그리움의 문장을 새겨넣고 있습니다

아무도 없는 텅 빈 지하주차장엔 기다려도 오지 않을 당신이 낚
싯바늘에 걸린 물고기밥처럼 목구멍 속에서 빠져나오지 않습니다
질긴 서러움 한 가닥 달려와 숨통 옥죄입니다

심장이 베토벤의 첼로소나타 3번을 데리고 옵니다

깜빡 생각의 시울 던져버린 사이 검은 승용차 한 대 스르륵 미끄
러져 들어와 9번 홈에 멈춰 섭니다 꽃잎처럼 피어오르는 하얀 소형
차 한 대 그 곁으로 소리 없이 다가오고 눈부신 봄의 여자 하나 차
에서 내려 검은 승용차 안으로 또각또각 당당하게 들어갑니다

심장에서 미끄러져 내린 음표들이 오선지를 간신히 부여잡고 있
습니다

보랏빛 원피스가 너무도 잘 어울리는 30 대 초반의 다리가 긴 여
자입니다 연한 파스텔 빛의 라벤더 핸드백이 멋스러움을 더욱 빛나
게 합니다 발목에 끈이 한 번 휘어 감긴 검은 색 구두가 미끈하고
가느다란 발목의 비너스 닮은 여자 다리를 더욱 길고 시원스럽게 만
들고 있습니다

뭉개진 음표들이 심장 속을 빠져나와 아다지오로 날아갑니다

꽃샘바람 달려오는 소리에 검은 승용차가 어지럽게 흔들리는데

짙은 선텐 유리 사이로도 선명하게 드러난 여자의 선정적인 붉은 입
술 위로 겹쳐지는 남자의 달아오른 얼굴이 핏빛 동백보다 더 붉은
이야기 하나 만들어내는 오후의 고층 백화점 지하주차장 안입니다

　심장을 잃어버린 문장들이 음소로 흩어져 공기 속으로 사라집니
다

예정된 이야기

돌아서는 나의 등에 대고 너는 소리쳤다 꼭 와야 해 나는 돌아보지 않고 말했다 그래, 꼭 돌아올 거야 무거운 발자국을 옮길 때마다 바람이 속삭였다 너는 돌아올 수 없을 거야 나는 대답하지 않았다 화가 난 햇살이 하늘 위에 걸려있던 칼바람을 걷어 동이째 내 머리 위로 쏟아부었다 그래도 모른 척 나는 앞을 향해 걸었다

나는 모두 기억하고 있다 채 삼키지 못한 우동 가락 입에 물고 울음 터트리던 눈물로 얼룩진 안타까운 이별의 그림자를 중화요리집 주렴밖으로 걸어 나오는 다리 움켜잡고 몸부림치던 처절한 겨울의 눈빛을 얼어붙은 땅 위로 나뒹굴며 한 마리 짐승처럼 포효하던 하늘의 절망을 봄이 채 오지 않은 매서운 2월 바람 사이로 떨어지던 붉고 뜨거운 동백의 눈물을 핏빛 행간 속에 숨어 절망하던 그날의 피 토하던 시간들을 남김없이 다 기억하고 있다

우리가 함께 그려내었던 평온했던 이야기들의 숨결들을 목숨 다해 빚어 올렸던 향기로웠던 사랑의 음표들을 온기 담아주었던 가을 강 언저리에 빛나던 물결들의 속삭임을 갈매기 종종걸음으로 수놓던 겨울 바다의 반짝이던 은모래밭을 윤슬로 날아오르던 깊은 산사 폭포수 속 흰 물보라들의 노래를 바흐의 무반주 첼로가 흐르던 라

이브카페의 감미로운 불빛을 심장 속에 켜켜이 각인된 문장들의 설레던 눈빛을

　통곡하는 너를 외면하고 돌아서는 순간 나는 알고 있었다 두 번 다시 돌아오지 않을 것임을 다시는 햇살 속에 우리가 나란히 서지 않게 되리라는 것을 목숨처럼 여겼던 추억의 탑들을 무너뜨릴 것임을 사랑이라는 게 구겨진 휴지조각처럼 쓸모없고 쓸쓸한 것임을 거대한 우주 속 티끌 같은 부질없는 것임을 나는 모두 알고 있었다 처음부터 감지하고 있었다

　너만 눈치채지 못했을 뿐이다 사랑의 맹세라는 것이 얼마나 달콤하고 끔찍한 거짓말인지 꽃술 속에 숨겨 놓은 밀원을 찾아내어 향기로운 언어들을 빚어내고 생살을 저며 뼈를 갈아 태워 만든 묘약을 마시며 약속한 언약도 입술을 벗어나는 순간 도망가 버리는 문장처럼 헛된 것임을 너는 어렸고 나는 철저하게 이기적이었다 나는 너를 사랑한 게 아니었다 나는 나를 사랑했다 그래서 우리는 기어이 이별을 가슴속에 새길 수밖에 없었다

달빛 오르가즘

그날 밤은 초저녁부터 유난히 별들이 들떠 있었어 절벽 아래로 떨어졌다 겨우 정신을 차린 자동차도 뭐가 그리 신나는지 고개를 파묻은 채 어깨 들썩이며 키들거리고 있었어 하늘 위 은하수들이 와르르 웃음소리를 쏟아부으며 반짝이는 눈빛으로 방안 기웃거리곤 했어 이웃집 개가 앞다리를 치켜든 채 담장 위로 몸뚱어리 디밀고 있던 것도 생각이 났어 단잠에 빠져 있던 외양간 황소도 벌떡 일어나 커다란 눈알을 껌벅거리며 비밀스러운 방 안 소리에 귀를 바싹 세우고 있었어 낡아 허물어질 듯 위태위태한 누런 흙벽이 재미있다는 듯 싸르륵싸르륵 웃음소리를 말아 올리며 조심스럽게 부스러기를 떨어뜨리던 것이 위험해 보이긴 했어 바람은 불지 않았어 창문을 통해 근심스럽게 들여다보던 창턱의 벗나무 가지에서 분홍색 꽃눈이 옷자락을 흔들며 앙증맞은 손바닥을 펼쳐 보였어 발정 난 암코양이 한 마리 온몸의 털 꼿꼿이 세운 채 지난밤에 못다 뱉어낸 울음 쏟아붓던 날이었어

꿈이었던 것 같아 하늘 가득 눈부신 깃털이 가득 날리고 있었어 영혼이 남김없이 분해되어 블랙홀 속으로 빨려 들어가고 있었어 입 안이 다 타들어 갔어 한 사발이나 되는 물을 벌컥벌컥 소리 내며 마셨는데도 헛바닥은 불붙은 것처럼 뜨거웠어 하얀 꽃잎처럼 마르

고 있었어 몸도 영혼도 형체조차 남기지 않은 채 분해되어 공기 속으로 흩어졌어 동짓달 그믐밤은 대지의 흔적마저 삼켜버리겠다고 웃옷마저 벗어던지며 달려들었어 질 수 없다고 생각한 북풍이 얼마나 용트림하면서 덤벼들었던지 이웃집 마당귀에 놓여 있던 세숫대야가 그 기세에 밀려 담 모퉁이까지 기어 들어왔어 새벽 미명 타고 마당에 내려섰을 때 얇은 몸피가 흔적도 없이 사라진 것 같았어 영혼만이 부산하게 움직이는 우주 곁을 떠돌았어 시리도록 부신 웃음 쏟아부으며 등을 토닥이는 사립문을 바라보며 붉어진 얼굴 감추느라 둘 곳 없는 시선이 허둥거렸어 맞아 꿈이었어

4월의 밤

어젯밤 구로공단 하늘에 떠 있던 저 달, 오늘은 당진 가로수 위에 걸려 있다

야간 버스 지붕 잡고 앙탈 부리다 서해 바람에 머리채 잡혀 끌려왔다

달빛 받아 들뜬 벚꽃 잎들 요분질하다 타오르는 격정 참지 못하고 근로복지공단 옆 보라매공원을 빠져나와 현대제철소 굴뚝까지 달려왔다

쿵쾅거리는 제철소 쇠망치 소리에도 눈 깜짝 않던 벚꽃이파리들 용트림하며 솟아오른 지열의 꿈틀거림에는 참을 수 없어 땅 아래로 몸뚱어리 내던지고 있다

대지 가슴에 뛰어들어 실핏줄까지 떨며 뜨거운 입맞춤하고 있다

4월의 밤 달아오르는 몸뚱어리 꼬아대기 시작한다

현대제철소 용광로에서 뿜어져 나오던 붉은 쇳물 숨죽인 채 바라보고 있다

서울 지하철 경로석에 앉아 있던 남녀 한 쌍 석문방조제에서 날아든 벚꽃지는 소리 도저히 떨쳐낼 수 없어 두 몸 포개져 하나 된다

절정.1

육신을 전율시키는 건 알콜만이 아니었다
핏줄을 타고 흐르는 뜨거운 물 한 모금으로도
당신이 남기고 간 빛깔의 흔적만으로도
세포는 진저리치고
동굴을 벗어난 영혼은
설레는 음표들을 날려 보냈다

오선지 사이에서 숨죽이던 꽃봉오리
마지막 숨결 모아 우주를 빚어올릴 때
음운도 음절도 음소도
행간 속으로 남김없이 모여들었다
심장을 빠져나온 붉은 울음들
블랙홀 속으로 휘몰아쳐 들어가고

마
침
내,

당신의 심장은

하얀 장미의 속살 닮은

세상에서 가장

고요하고

순결한

문장을 낳았다

가을 창가에서

봄볕에
그을린
가슴

까맣게
타오르다
타오르다

한 개
해바라기 씨앗으로
영글었다

울어도
울어도
못 다 줄 마음

잎새 허리 위에
매달려
허공을 떠돌고

당신은 고무신 끌며

언제쯤

사립문을 두드릴까

밀어

부엉이가 울고 간 자리
떡갈나무 숲에
어둠이 쌓이고

강물 같은 달빛은
후미진 서낭당에서
넌지시 기어 나온다

낙엽 속살대는 소리
억새들 비밀스런 몸짓
풀벌레들 향연

가을은
밤마다
풍만한 가슴을
몰래 열어젖힌다

겨울바람

합시다, 러브*

긴급한 목소리 하나 달려와
창문 두드릴 때

광풍이 휘몰아치고
번개가 뇌리를 덮쳤다

창안의 당신은 말없이 창밖을 바라보고
창밖의 당신은 말없이 창안을 바라보고

눈물 젖은 창문 위로
천둥소리 떨어지고

창밖의 당신은 꼼짝 않고 서 있고
창안의 당신은 꼼짝 않고 서 있고

침묵과 침묵
창살 사이 오르내리고

칼바람 한 오리 심장 난도질하는
동짓달 그믐밤

땅에 떨어져 곤두박질치다 찢겨나간
말의 유희

합시다, 러브*

*드라마 〈미스터 선샤인〉 대사 중에서

사랑

슬프도록 하얀
그의 목덜미 위로
곧은 바람 한 줄기
지나갈 때

내 심장은
그대로
한 개 돌이 되어
멈춘다

동백

안개 잠긴 숲을 헤치고

졸음 겨운 완행열차에

나를 맡긴다

새벽 미명에 잠들어 있는

낯설은 간이역에 몸을 부리고

이방인이 되어 거리를 흘러간다

비릿한 생선 내음 코끝을 잡는

허름한 바닷가 선술집에서

독한 소주잔 속에 숨겨진 오래된 비밀

함께 들이키며

초고추장에 회 한 점 찍어

그리웠던 사람과 인생을 나누고

마주 보며 사랑할 수 있다면

사는 것이 그래도 절망이지만은 않으리

아직은 뜨거운 황혼빛 반란

감빛 익어가는 창호지 창살 사이 걸어두고

아담과 이브 되어 동백 같은 정염 내뿜어도

내일은 다시 일상으로 되돌아갈 수 있으리

아는 이 없는 그 낯선 도시에

모든 것 훌훌 털어버리고
아무 일도 없었던 것처럼
햇살보다 눈부신 모습으로
살아갈 수 있으리

5월의 숲에서

산딸기 지천으로 흐르는
비학산 허리에서
당신은 산배암이 되어
꽃배암을 품는다

태곳적 신비에 취한 하늘도
나뭇잎 사이로 숨어서 몰래
엿보는 한낮
지나가던 바람도 넋을 잃고 취했다

울고 울어라
그대로 하나가 되어
뒹굴어라
타올라라

비학산의 심장에서
천둥소리 울릴 때까지
아담과 이브가 달려올 때까지
산배암이여 당신은 알을 품어라

짓이겨져 터진 빨간 열매가

등줄기를 적셔도

술이 되어 흥건히 입안으로 고여도

산딸기는 아직도 많다

아아 산배암이여

꽃배암을 품어라

광풍이 휘몰아쳐 온다

짙은 안개가 비학산을 감싼다

아담과 이브가 깨어나 춤을 추고 있다

활활 타오르는 불덩이로

알을 품어라 산배암이여!

죽어가는 꽃배암을 품어라

그리움 소묘

어둡고 네모난 공간에
우울이 찾아옴

길 잃은 고아처럼
풀씨로 흩어진 슬픔
피부 깊숙이 헤집고 들어옴

먼 곳에 있을 시간
외투를 걸치고 허둥대며 달려옴

창밖 어둠
한기를 걸머진 채
서성거리고 있음

휘청거리는 추억
서서히 자리를 털고 일어서기 시작함

사랑이 사람을 비껴가고
독한 소주 같은

절망 다가옴

오늘 밤은 허공에 떠다니는 순간마저
모두 영원으로 보임

눈꺼풀이 무겁게 내려앉는 새벽,
이젠 그만
긴 겨울잠에서 깨어나고 싶음

미망未忘

가을을 지나다 문득
네가 피워올렸던
꽃들을 생각한다

너는 지금 어느
별에 머물고 있는지
그곳에선 무슨 꽃 심고 있는지

흐르는 강물에
건조해진 심장 한 조각 띄워두고
네가 빚어냈던 음표들을 불러 본다

어떤 향내 피워 올리는지
벌과 나비는 맞이했는지
겨울 맞을 채비 해놓았는지

한없는 의문표들
잠들었던 심장
후려쳐 깨우는데

옷깃 속으로 스며드는 찬바람에
서늘해진 얼굴 만지면
숨겨 놓았던 음절들 낱낱이 일어선다

네가 떠나버린 별에
혼자 남은 시간들을
기억하고 있는지

여름옷 걸려 있는 창가에
매서운 겨울 칼바람 몰아친다는 것
잊지는 않았는지

가을을 지나다 문득
여름 흔적 속 날아올랐던
뜨거운 언어들을 불러세운다

하루살이

아름답다
뜨겁게 춤추는
붉은 너울 쓴 너의 모습이

몸 닿는 순간
흔적 없이 사라진다는 것 알고 있지만
너에게로 가지 않을 수 없어

너를 안는 순간 활활 타올라
재조차 남지 않는다는 것 모르지 않지만
참을 수 없어

뜨겁게 타오르는 너를 안지 않고
견딜 수 없어
숨 쉴 수 없어

너에게 안겨
타오르고 싶어
뜨겁게 뜨겁게

알고 있어
너도
날 사랑한다는 것

날 태워버리는 게
너의 사랑법이라는 걸
그것이 우리의 운명이라는 걸

제4부

잊지 못할
그 이름,
엄마와 고향

목련

1.

눈부신 4월
담벼락에
수줍게 내려앉던 날
붉은 언덕 넘어가는
꽃상여 위로
엄마 하얀 웃음 피어오르고

2.

나뭇등걸 같은 손 흔들며
고샅길에 서서
붉어진 눈두덩 훔쳐내던
허리 꼬부라진 우리 엄마
오늘은 담벼락에 기대어 하얀 분 바르고 있다

백옥 같던 얼굴
갯바람에 절어 검버섯으로 덮이고

늘 동동걸음으로 숨 가빴던

엄마 가시던 날

평생 뾰족구두 한 번 못 신어 본

한 맺힌 삶

꽃상여 위로

하얀 슬픔으로 쏟아져 내리고

90년 세월의 무게 담은 빛바랜 자켓 하나

지붕 위에서 오열하던 날

가지 끝에 숨죽이고 있던 새하얀 꽃잎들

지난한 세월에 찢겨 검붉은 피 토했다

가을 풍경화 한 점

마당 가득 붉게 일렁이는 물결
따가운 가을 힘겹게 밀어 올리고 있을 무렵
검게 그을린 아버지 얼굴 위로
진홍의 땀방울 쏟아져 내리고
낮달처럼 휘어진 어머니의 풀잎 허리
자꾸만 앞으로 고꾸라졌다

하얀 발바닥 고춧물에 적신 채
마당 안 뛰어다니던 철부지 동생
오줌을 갈겨도
불어 터진 라면 가락 욱여넣던 오빠
멍석 위로 울분 내동댕이쳐도

아버지와 어머닌 핏빛 열매만 쓸어 담았다

굽어진 허리 추스를 사이도 없이
쏟아져 내리던 햇살
밀어내기조차 무거웠던 가을
아버지와 어머니는 푸대 속으로

붉은 피눈물을 쓸어 담고 계셨다

식어버린 꽁보리밥이 목에 걸려
꺽꺽 울음 토해내며
홀로 방안을 헤매던 어린 눈에는
고추보다 매운 삶이 들어와 박혀
가을 풍경화 한 점으로
붉디붉은 서러움만 뜨거웠다

꿈꾸는 엄마

양지쪽 툇마루에 앉은
백발의 엄마
나비를 접는다

빨강 나비
노랑 나비
초록 나비

엄마의 손끝에서 태어난 나비들은
애벌레 시절도 기억하지 못하고
과도한 아밀로이드 생산으로 대뇌피질을 침범당한 엄마의 뇌는
나이를 계산하지 못하는 아기가 되어버렸다

하루에 두어 번씩 열리는
엄마의 입술 위에서
뒤엉킨 음표들이 미끄럼 탄다

나비야 청산 가자*
나하고 같이 가자

가다가 엎어지면 쉬었다 가자

엄마의 손에서는
쉬지 않고 나비가 태어나고
엄마는 나비가 몇 마리인지
세는 것도 모르고

날 수 없는 나비는
엄마의 무릎 아래로
자꾸만 추락당하고

엄마는
날마다
새로운 동화를 꿈꾸고

*시조 〈나비야 청산 가자〉에서 인용

6월

붉은 핏덩이 토해내는 동쪽 바다 등에 업고 사립문 밖에서 아버
지는 꼬부라진 손가락으로
그물을 깁고 계신다

저승꽃 피어난 주름진 얼굴 위에 유난히 빛나던 눈동자마저 흐려
질 때 그물코 사이로 총성이 울렸다

물고기가 뛰어오르고 갈매기가 자맥질하며 숨져갔다 그물코의 허
리도 잘려졌다 바다는 노한 거도巨濤에 시뻘건 가슴을 토해내며 혓
바닥 빼문 채 진저리 쳐대던 그날의 6월
빗발치는 총탄 속을 달리며 방아쇠를 당기고 또 당겼던 아버지

"파도 탓이여. 모두가 파도 탓이란 말이여!"

한 맺힌 아버지의 절규가 메아리치던 작은 등대섬의 하루는 저물
고 꼬부라진 손가락 사이로 핏줄 하나 떨어질 때 찢어진 그물코 사
이에서 숨 막혔던 젊음이 꿈틀거렸다
푸른 바다 춤추는 도란濤瀾 위에서 그날의 6월 검붉은 바람 한
자락 속으로 부서져 갔다

햇살 눈부신 6월의 아침

사립문 밖에서 아버지는 꼬부라진 손가락 걸어 매고 그물을 깁고
계신다

피로 물든 백마고지 환하게 웃으며 아버지를 내려다보고 있다

응급실 앞에서

아득함이 사방에서
목줄을
옭아매는

끝이 보이지 않는
낭떠러지 아래로
맥없이 추락하는

피비린내 진동하는
단말마의 비명들
울컥울컥 쏟아져 나오는

새벽시장
어판장 바닥에서 몸부림치는
절망에 찬 물고기의 눈빛 같은

生과 死가 공존하는
어둠보다 더 길고
깊은

침묵의
강물이
흐르는

침묵의

강물이

흐르는

사부곡

우울이 가득 찬 병실 침대 위에
종잇장처럼 구겨진
아버지 헐떡이는 숨결
심장에 비수로 꽂힌다

구십 평생 땅만 파며 살아오셨던
꺾여버린 아버지 허리
살벌한 공사판에서
내장이 파열되는 훈장을 얻고

병실 한 귀퉁이에서 벌어지는
시간과의 투쟁은
죽음보다 더 큰
단말마의 형벌이다

생명 위협하는 혈압과 맥박은
밤새 혈관을 타고 들어가는
타인의 혈액만큼만
숫자가 살아남고

기어이 병실 바닥에
마른 고목처럼 나둥그러진
일 미터 구십 센티의 아버지는
그렇게 보름을 금식 당한 채

십 퍼센트짜리 포도당만
혈관 속으로 집어넣으며
바스라져가는 삶
거머쥐고 있다

연탄을 갈며

아직도 연탄 때며 사느냐던
친구의 탄식이
일산화탄소를 비집고 들어와
혹한의 겨울밤과 합세하여
숨통을 옥죈다

강산이 몇 번 바뀐 결혼생활
변함없이 연탄구멍을 맞추면서도
삭정이 지피고 계실
친정어머니 주름진 모습 송곳으로 박혀와
눈물조차 흘릴 수 없었다

봄 햇살이 눈부신 탓일까
붉어지는 눈동자에 누덕누덕 기워진
남루한 삶의 흔적 서러움으로 몰려와
일산화탄소 들이키고 있는 내 몰골 위로
붉은 눈물꽃이 핀다

토해놓은 설움 연탄구멍마다 뜨거운

불꽃으로 타올라 뼛속까지 후려치는데
자궁 속에서 죽어간 핏덩이는
오늘도 가슴 쥐어뜯으며
앗긴 삶 돌려달라 울부짖는다

팔목에서 힘이 빠지고
갈피갈피 숨어 있는 고통의 문장들
참회록의 잉크 자국 위에서 낱낱이 일어서는 아침,
밀폐된 내 창가에
파랑새는 아직도 날아오지 않는다

갈증. 1

삐걱거리는 의자 위에
한숨 한 자락 쉬어가던 날
무기력과 마주 앉아
칼국수 한 그릇에
허기진 배를 채운다

신 무 깍두기에
바람이 몰려오고
내장을 파고드는
뜨거운 국물에
목이 메인다

식곤증처럼 몰려드는 그리움
어디에도 없는
너의 그림자 찾아
공중전화 부스마다
동전을 밀어 넣었다

유리창 내리치고 떠나버린

날카로운 햇살 한 줌
눈빛마저 앗아간
꽃샘추위에
어깨가 시리다

살구꽃 봉오리 위에
맺혀있던 흐릿한 불꽃 한 줄기
부옇게 탈색된
입술 위에서
까칠하게 죽어가고

마지막 한 모금의 국물까지
비워낸 칼국수 그릇 속으로
울음을 쏟아붓는다
오열하는 창가에
빗방울 홀로 돋아나던 날

엄마는 점심 굶고

생선 광주리 머리에 이고
바다 냄새 가득 담아
교문 앞으로 찾아오신 엄마

"밥 굶지 말고 먹고 싶은 것 있으면 사 먹거라."

꼬깃꼬깃 접은 천 원짜리 지폐 석 장
교복 주머니에 끼워 주실 때
엄마의 뱃속에서는 파도 소리 출렁이고
거북등 같이 갈라진 손등 위에 붙어있던
꽁치 비늘 덩어리
까만 교복 치마 위로 하얗게 내려앉았다

"우짜꼬, 우리 딸 예쁜 옷 다 버렸네!"

생선 광주리는 땅에 떨어져 비명을 지르는데
교복 치마 닦기에 바쁜
땀에 절은 엄마의 굽은 목덜미
검은 오디 빛깔로 물들어가던

50년 전 그날

플라타너스 잎새 위에 앉아 있던
바람도 놀라 숨을 삼키고
복날 더위 먹은 황구 한 마리 혓바닥 빼문 채
길바닥에 주저앉아 헐떡일 때
엄마의 허기진 땀방울
피눈물로 쏟아져내렸다

고향에서

하현달 희미한 빛깔만 한
아버지 숨소리
텅 빈 하늘만큼이나
가볍다

깊은 늪
무거운 그림자들의 외침
방울 딸랑이며 다가오는
저승사자의 기침 소리

아버지
젊은 날의 초상이
풀잎처럼
야위고

십 년 만에 돌아온 막내딸
무너져 내리는
아버지 병상 위
헐벗은 겨울나무 된다

그리움

너는 언제나 바람으로 왔다

허기진 창자 속으로

허겁지겁 구겨 넣는 신 무 깍두기처럼

체면도 모르고 쏟아져 들어왔지만

때로는 목젖 뜨겁게 달구는 기쁨도 있었다

텅 비어버린 새벽 거리를

홀로 통곡하며 질주하게도 만든 너는

지극히 근시안이 되어

눈앞의 것도 구별 못하는

비틀거리는 다리 사이에서

하늘보다도 더 큰 유혹의 문장으로

날 불러 세우곤 했다

눈앞에 있는 것을 남김없이 삼켜 버려도

너란 놈은 늘

창자를 허기지게 만들었다

객귀 들린 나를

얼음판 위로 내동댕이쳐버렸다

너는 언제나 뜨거운 바람으로 다녀갔다

사모곡

떡갈나무 사이로 부엉이 울면
해소 기침 잦으시던
당신 머리맡 달그림자
눈물빛 안개로 피어납니다

송홧가루 날리던 언덕길 넘어
진달래 향기 따라 흘러가던
용바위 마루턱에 앉아
눈부신 비상 꿈꾸었던 그날들은

이제
어디에서 찾을까요
어머니
당신은 사진 속에서만 웃고 계시는데

온종일 흘린 땀방울들
밭고랑 가득 개울을 만들어도
당신 고우시던 이마엔
밝은 햇살 떠나지 않았었지요

당신은 굶어도
자식 입에 들어가는 밥알
바라보는 것만으로도 행복하다시던
'어머니'라는 이름으로만 살다 가신 당신

오한 들린 문풍지 사이로
겨울바람 스며듭니다
새우잠 자다 휘어버린 당신의 허리 사이로
내뱉던 한숨 소리 그리워 서러움 몰려옵니다

아내

빛바랜 자켓 하나에
흔들리는
세월의 무게

늘
동동걸음

비탈진 계단
오르는 뒷모습
날개 꺾인 한 마리 새
닮았다

분꽃 같던 하얀 얼굴
꽃이파리로 피어났던 옛날
석류빛 고운 입술도
오늘은 스러져가는 노을빛

4월

어제부터 달려온
저 비
오늘 밤도 쉬지 않고 떨어지면
꽃잎이
다 질 텐데

어찌할거나

꽃 한 번도
마주 서서
바라보지 못했는데
꿈꾸는 푸른 달
담아내지도 못했는데

그래서 사월은
지기 위해서
있는
달

열熱꽃

창문 타고 달려온
수상한 바람
봄비를 몰고 왔다

두 눈 속에 들어있던
흐릿한 별 두 개
망막 안으로 스러졌다

비의 발길 지나간
젖어버린 살갗 위로
붉은 장미 송이송이 피어난다

눅진한 비 냄새에 눌려
피워올리지 못한 꽃송이들
늪 속으로 자맥질한다

휘청거리던 시간들
낱낱이 분해된 몸피 사이에서
식은땀 쏟는다

뜨거운 열기에 휘감겨버린

몸피 무너진다

억겁 시간 속으로 잠겨 들어간다

갈증.2

허기진 가슴 속으로
쏟아져 들어오는
밤꽃 향내

육욕의 흔들림에
휘청거리는
마음 하나

하얗게 마른
간이 대합실
빈 의자 위에
뒤엉켜 스러진다

벌거벗은
유월 햇살 한 줌
뜨겁게 쏟아지는
섬진강변의 오후

알고 있는 사실

그리움을 누르는 일은
살을 태우고
뼈를 저미고
심장을 찢고
영혼을 난도질하는 것

차마 가지 못한 별들 서성대는
이른 새벽까지
잠 못 이룬 채 가쁜 호흡 참아내며
찢겨진 심장 꿰매다
검붉은 피 쏟아내는 일

칼바람 휘몰아치는
동짓달 냉혹한 밤거리
발가벗겨진 넋
만신창이로 던져 놓고
달리고 또 달리는 일

그리움을 심장에 구겨 넣는 것은

나를 죽이는 일

수분이 빠져가는 미이라처럼
조금씩 조금씩 생명을 버리는 것
너를 잃어가는 것

침묵의 깊이

눈물이 나면
빵을 굽는다

깊고 짙은 슬픔의 무게
레시피들 속에 섞여 가벼워지고
밀가루와 반죽 된 눈물
빵 모양 따라 봉긋하게 솟아오른다

왜 울었냐고 묻는다면
오지 않는 그리움이
보고 싶어
슬픔을 먼저 만났다고 말할 것이다

떨리는 슬픔의 어깨
조용히 감싸주고 싶었다고
고백할 것이다
당신의 마음 기다리고 있다고 전해줄 것이다

지금은 가을이 오는 길목

그 언저리에 서서 나는

당신의 눈빛을 기다린다
그리움 키워 올린다

당신을 예열하고
빵을 굽는다

고통의 발효와 사랑의 희구

공광규 시인

1.

유미경 시인은 시집의 〈서문〉에서 등단 30년 동안 10권이 넘는 시를 썼지만 아직 시집을 내지 않았다고 한다. 그러니 이번 시집 『사이의 문장』은 등단 30년 만에 내는 시인의 첫 시집이 된다. 그는 시집이 늦은 이유를 "소심하고 숫기 없는" 자신의 시심과 평가에 대한 걱정 때문인 것이라고 피력한다.

그러나 그는 시를 세상 속으로 끄집어낼 마음을 내어 당당하게 세상 나들이를 시켜 "눈부신 햇살을 견뎌보게 해주고 싶었"다고 시집을 내는 소회를 밝히고 있다. 그가 이번 시집에 등재하는 시는 모두 85편이다. 이 시들은 1부에서는 서러운 가족 서사와 생명주의적 태도, 2부에서는 자신의 내면 형상, 3부는 사랑의 체험과 느낌, 4부는 고향과 가족을 제재로 한 시들이다.

이 가운데 1부의 전반부와 4부는 가족서사로 서로 연결되는 느낌이 들고, 나머지 부들은 전부는 아니지만 거의 독립적 제재를 갖추고 있다. 따라서 전체 시를 제재별로 가족서사, 생명주의적 태도, 자신의 내면 형상, 사랑의 체험과 느낌으로 4분하여 살펴보아도 되겠다는 생각이 든다.

2.

1부의 시들은 단문의 운문형이라기 보다 장문의 산문형 시들이 지배적이다. 시 「로드킬」을 비롯한 여러 시편들은 한 연이 한 문단을 차지하는 긴 문장을 사용하고 있다. 유미경의 긴 문장은 복잡한 정보, 감정, 또는 논리를 한 번에 전달하며 독자에게 깊이 있는 인상과 함께 몰입감을 준다.

1부의 전반부의 시 「그믐밤」과 「섬」, 그리고 「2월의 사전」은 모두 섬을 공간으로 하는 서사다. 화자가 객관적 시선으로 아버지와 어머니와 서술자인 나의 관계와 서정적 충동을 유장하게 진술하고 있다. 첫 시 「그믐밤」의 화자는 어떤 사유로 파도가 서럽게 울부짖는 그믐밤에 "앞섶으로 핏덩이 입 틀어막으며 보퉁이 하나 머리에 이고" 고향을 떠난다. 고향으로부터 탈주가 이 시집의 시작이다.

"애비도 없는 자식 낳아서 우짤라꼬…"

머리카락 쥐어뜯으며 울부짖던 어매의 한 맺힌 설움

가슴에 껴안은 채 숨을 죽이던 삼경, 어린 것의 애비
가 죽던 날도 그믐밤이었다 그래, 그믐밤이었다 만선
이 되면 귀밑머리 풀자던 어린 것의 애비는 갯벌에 내
동댕이쳐졌다 그날 밤 어린 것은 어미의 사타구니를
찢고 터져 나왔다 희뿌연 미명 한 자락 평온한 바다
위로 섬을 띄울 때쯤 모든 비밀 남김없이 껴안은 채
그믐밤은 죽어갔다

- 「그믐밤」 부분

그믐밤은 달빛이 거의 사라져 어둠이 짙은 상태를 말한다. 그믐밤
은 대개의 문학에서는 절망, 고통, 소멸, 새로운 시작을 위한 끝, 침묵
과 고독, 혹은 쇠락의 과정을 나타내기도 한다. 또한, 그믐은 끝이자
새로운 시작을 알리는 날이기도 하므로, 과거의 끝과 미래의 도약,
혹은 변화와 성장을 위한 맹세를 상징하기도 한다. 이 시에서는 그
믐밤에 애비가 죽고 동시에 아이가 태어났다. 그믐밤의 죽음과 동시
에 새로운 시작을 의미한다. 시인이 기획한 상징이다.

　시 「섬」은 「그믐밤」과 서사가 여섯 해 뒤로 이어지는 것으로 보인
다. 앞의 시에서 태어난 아이는 "누런 코 손등으로 훔치며 검정 고무
신 기다리던 여섯 살짜리 계집아이"로 성장한다. 아이는 아버지를
삼켜버린 섬, 아버지가 다시 섬으로 돌아오지 않는 섬에서 살았다.
"까칠까칠한 아버지의 턱수염이 그리워질 때까지 섬을 떠나지 못했
다// 섬은 아버지가 없어도 평온했다"고 진술한다.

　시 「2월의 사전」 서사는 "한쪽 다리를 바다에 두고 온 남자"와 "가

출로 사랑을 잃어버린 소녀"에서 아버지와 어머니의 서사로 이어진
다.

> 날마다 술에 절어 세상 낭떠러지에 아슬아슬하게 매
> 달려 있던 아버지 언제나 검은 눈동자 속에 눈물을
> 담고 계셨던 어머니 끝없는 밭고랑 타고 온종일 뿌렸
> 던 한숨 땅거미에 힘겹게 걸어 매고 집에까지 끌고 오
> 셨다 땀으로 무거워진 어머니의 옷자락에는 늘 심장
> 타들어가는 냄새가 흘러나오고 있었다
>
> — 「2월의 사전」 부분

지금으로부터 거의 1백 년 전후에 태어난 부모세대는 식민지와 전
쟁이라는 두 개의 가난과 폭력시대를 건너오면서 가난과 폭력을 학
습했다. 정신적 병이 든 채 성장한 이들 세대의 폭력은 사회에서 가
정으로 뿌리를 내렸다. 누구나 할 것 없이 날마다 술에 절어 사는
남편과 눈물을 달고 사는 아내가 그것이다. 이런 "모든 것을 묻어버
리고 싶은 어두운 시절의 난해한 문장들"은 농어촌의 "2월 보리밭에
가득 새겨" 졌다.

시인은 4부에 부모님과 고향과 가족에 대한 시들을 정리하고 있
다. 1부의 가족서사와 연결되는 느낌이다. 시인은 자신의 "엄마와 아
버지는 그 단어만으로도" 눈물 나게 만들고 있다고 진술한다.

눈부신 4월

담벼락에

수줍게 내려앉던 날

붉은 언덕 넘어가는

꽃상여 위로

엄마 하얀 웃음 피어오르고

- 〈목련〉 부분

　붉은 핏덩이 토해내는 동쪽 바다 등에 업고 사립문

밖에서 아버지는 꼬부라진 손가락으로

　그물을 깁고 계신다

　저승꽃 피어난 주름진 얼굴 위에 유난히 빛나던 눈

동자마저 흐려질 때 그물코 사이로 총성이 울렸다

- 〈6월〉 부분

마당 가득 붉게 일렁이는 물결

따가운 가을 힘겹게 밀어 올리고 있을 무렵

검게 그을린 아버지 얼굴 위로

진홍의 땀방울 쏟아져 내리고

낮달처럼 휘어진 어머니의 풀잎 허리

자꾸만 앞으로 고꾸라졌다

- 〈가을 풍경화 한 점〉 부분

시인은 세상에 계시지 않은 부모님을 5년 동안 모셨던 것이 자신

169

에게 가장 큰 행복이었지만 다시는 만날 수 없다는 생각은 참을 수 없는 고통이라고 자술한다. 시 「목련」은 어머니의 죽음을, 「6월〉」은 섬에서 6.25 전쟁을 만나 참전경험이 있는 아버지, 「가을 풍경화 한 점」은 너나 할 것 없이 모두가 절대가난의 시대를 건너오느라 힘겨운 삶을 살아낸 아버지와 어머니의 삶을 동시에 서사화 하고 있다.

3.

　유미경의 시에 생태주의적 시선이 강한 시편들이 다수 보인다. 특히 「눈부신 봄날」과 「로드킬」, 「슬픔의 무게」와 「사과를 깎으며」 등이다. 생태주의 시의 주요 특징은 인간중심주의 비판 및 생명중심주의 추구라고 할 수 있다. 근대 철학의 인간중심적 사고방식과 자연을 도구로만 여기는 태도를 비판하고, 모든 생명체와 자연 전체를 동등한 가치를 지닌 존재로 인정하며 공존과 조화를 강조하는 것이다.

　　4차선 도로 한가운데로 달리는 작은 트럭 위에 소 두
　　마리 끌려가고 있다 절망에 잠긴 서로의 눈 바라보며
　　서러운 눈빛 나누고 있다 막음 장치조차 없는 좁은
　　트럭 안에서 안간힘으로 버티고 서 있다 곧 닥쳐올
　　도살장 풍경 떠올리는 커다란 눈동자 속으로 주먹만
　　한 눈물주머니 그렁그렁 매달려 있다 힘줄 불끈 솟은
　　다리 터질 듯 팽팽하게 긴장하고 있다

- 「눈부신 봄날」 부분

 버스가 길모퉁이 막 지나 내리막길 달려가고 있던 중
이었어 넌 조그마한 몸뚱어리 웅크린 채 불안한 눈동
자를 두리번거리고 있었어 솜처럼 보송보송하고 눈부
시게 하얬을 털은 누렇게 탈색되고 얼룩져 바람 불어
도 날리지 않을 만큼 때에 절어 있었어 네 심장 감싸
고 있던 살들은 말라버린 지 오래되어 버석이고 있었
어

- 「로드킬」 부분

살려달라고 발버둥 치는 애절한 똥개들의 비명에도
이제는 무감각해져버린 보양원 주인은
납덩이같이 차갑고 무심하게 회색 신사의 아가리 속
으로
밤, 대추, 생강 등을 섞은 한약재를 던져 넣는다

- 「슬픔의 무게」 부분

가끔씩 진저리쳐질 때가 있다

무심코 베어 무는 사과의 살점들이
입속으로 고이는 육즙들이
내 살과 피만 같아 소름 돋을 때 있다

나는 전생에서 한 알의 사과였나

- 「사과를 깎으며」 부분

　이렇듯 유미경은 과격한 생태주의 시인이다. 그는 시를 통해 생태주의 철학이 담긴 인간중심주의를 비판하고 생명체 및 자연 전체를 존중하는 생태 중심주의적 관점에서 진술하고 있다. 시를 통해 인간과 자연의 근본적인 연결성과 상호 의존성을 요청한다.

　시 「눈부신 봄날」은 소 두 마리가 트럭에 실려 가는 광경을 묘사하고 있다. 화자는 소가 도살장 풍경을 떠올리며 눈물을 그렁그렁 매달고 있다고 슬픔을 표현한다. 이런 소들을 보면서 "나도 저 소들처럼 불가항력으로 이끌려 간 적이 있다"고 고백한다. 도살장으로 실려 가는 소와 "아무리 단말마의 비명을 내질러도 누구하나 찾아오지 않았던 아득한 나락의 시간들이 있었다"고 고백한다.

　시 「로드킬」은 차도에서 이미 죽어 가죽만 남은 길고양이의 서사다. 화자의 측은지심과 달리 세상은 길고양이 정도의 죽음에 눈 하나 깜짝하지 않는다는 비판이다. 「슬픔의 무게」는 개고기를 파는 보양원의 풍경을 비판적 시선으로 묘사하고 있다. 개고기를 먹는 "음흉한 얼굴의 회색 신사들"과 살려달라고 발버둥 치는 개들의 애절한 비명에 무관심한 보양원 주인의 무감각을 맹렬하게 비난한다.

　화자는 "욕지기나는 보약냄새"를 맡으며 "아우슈비츠에서 죽어간 유태인들의 억울한 주검들이/ 금방이라도 철창을 깨고 뛰쳐나온 개떼들과 합세하여/ 발목을 물고 늘어질 것 같아 소름"이 돋는다고 한다. 시 「사과를 깎으며」에서 입속에 고이는 사과의 육즙들은 자신의

살과 피로 상상해 소름이 돋는다거나, "사과를 깎는 것이 아니라/
내 살을/ 깎고/ 저미고/ 후벼"판다는 유미경은 당연히 급진적 생태
주의자에 가깝다.

4.

유미경은 시집의 2부에서 형벌처럼 몰려드는 자신의 내면을 표현
한 작품들을 편집하고 있다. 시인은 "전형 같은 삶의 고통과 피투성
이로 점철된" 자신의 모습을 순간순간 느끼곤 한다는 고백을 하고
있다. 이런 시의 진술을 하다보면 그런 자신의 모습이 자신의 "전생
인지, 나도 모르는 삶의 흔적 하나가 앞에 다가와 서있는 것을 발견"
한다고 고백한다. "그래서 도저히 옮기지 않고는 견딜 수 없"다고 한
다. 이런 위악적인 심리적 상황은 1부에 편집한 시 「희극」에도 잘 나
타난다.

한 남자가 내 목을 칼로 베었다

잘려진 목덜미에서 붉은 피가 솟구쳐 올랐다 목줄기
에서 떨어져 나간 머리통이 데구루루 도로를 굴렀다
도로를 구르던 머리통이 차 바퀴에 깔려 짓눌렸다 차
바퀴에 깔려 짓눌린 머리통에서 눈알들이 빠져나왔
다 차바퀴에 깔려 짓눌린 머리통에서 빠져나온 눈알

들이 도로 위를 정신없이 굴러다녔다 차바퀴에 깔려
짓눌린 머리통에서 빠져나와 도로 위를 정신없이 굴
러다니는 눈알들을 피하느라 차들이 사방에서 충돌
했다

—「희극」 부분

그리고 2부의 많은 시들은 첫 시 「불임」으로 시작해 유무와 선악
의 경계를 넘어선 인간의 혼돈을 모아놓고 있다.

내가 잉태한 詩는
음표조차 매달 수 없는
용도 없는 백지

무정란의
씨앗

—「불임」 전문

한 여자가
아스팔트 위에서
고양이 목을
짓누르고
있
다

몸부림치는 고양이
눈동자에 시퍼런 불꽃 일렁이는데
무심한 표정의
창백한 얼굴의 여자
꿈틀거리는 핏줄 치켜세운 채
손목으로 독기를 쏟아붓고 있다
- 「고양이가 있는 풍경」 부분

장미꽃 한 송이
목이
잘렸다

살점 떨어진
목줄기 위로
낭자한 선혈

붉은 울음
천둥 속으로 곤두박질치고
재활용 봉지 속으로 처박힌 찢어진 문장들
- 「불면의 갈피」 부분

시 「불임」에서 화자는 자신의 창작품을 "용도 없는 백지"와 "무정란의/ 씨앗"으로 정리한다. 시의 의미에 대한 무용론이다. 이는 시가 필요 없다는 것이 아니라 시는 그 자체로 의미 전달을 넘어선다는 주장이다. 표현의 충동과 표현자체만으로 시는 끝난다는 말이기도 하다. 시의 의미에 대한 무용론은 시가 단순히 지시적 의미 전달을 넘어 음악적, 회화적, 그리고 함축적 요소를 통해 독자의 감정과 상상력을 자극하는 고유한 문학예술 양식이라는 점에서 출발한다. 시의 고유한 가치가 불필요하다는 의미는 아니다.

다른 시 「불면1」 「잉태하지 못한 문장을 쓰는 시간」 「형광등이 깜박이는 시간」 「참으로 아이러니한」 등의 시는 혼란한 어떤 인간의 내면을 고스란히 옮겨놓은 듯하다. 「고양이가 있는 풍경」의 경우는 섬뜩한 인간의 내면을 보여준다. 인간은 혼돈과 선악의 경계에 산다. 불가에서는 선도 없고 악도 없다는 말을 한다. 다시 말해 절대적인 선과 악의 구분이 없으며, 모든 것은 상대적이고 상황에 따라 달라질 수 있다는 것을 의미한다.

인간의 이성이나 종교가 만들어낸 선악의 개념이 모든 것을 판단하기에는 부족하며, 인간의 마음 자체는 선악의 개념에 얽매이지 않는 본연의 상태를 가지고 있음을 시사한다. 이 선악의 구분을 뭉개버리는 불교의 논리는 어떤 경우에 인간을 혼돈스럽게 한다. 그리고 어떤 사람은 혼돈을 형벌로 받아들인다.

유미경의 시가 보여주는, 특히 피(선혈)나 칼(비수) 또는 죽음(살인)이나 추락, "도려낸 하얀 두 귀"(「접시」) 등 어둡고 부정적인 문장은 니체와 고흐의 존재 투쟁을 떠오르게 한다. 니체의 인간 내면의 존재 투쟁은 삶의 가치를 창조하고 자신을 극복하며 더 높은 인간으로 나아가는 과정을 말한다.

니체는 삶의 고통과 시련을 회피하기보다 긍정적으로 받아들이고, 이를 통해 끊임없이 자신을 단련하며 성장하는 것이 진정한 인간의 길이라고 보았다. 유미경의 시를 읽어가다 보면 우리의 인생 자체가 "고통의 소나타"일지도 모른다는 생각이 든다. 그러나 고통은 성장과 사랑의 밑거름이다. 시인은 나중에 언급할 사랑을 위해 고통을 강조한다.

5.

시인은 3부를 사랑에 대한 시들을 묶었다고 진술한다. 인류가 원하고 추구하는 최후의 표정은 사랑일지 모른다. 유미경이 편집한 3부의 시들을 읽어보면 그렇다. 시인이 앞 시들에서 표현한 여러 고통의 표정은 사랑으로 가기 위한 노정일 것이다. 시인은 "첫눈을 보면서도 낭떠러지에 아슬아슬하게 매달려 있는 꽃을 바라보면서도" 사랑하는 사람이라는 생각을 했다고 한다.

시인의 눈에는 만물이 사랑이고 도처가 사랑이다. 그리고 「첫사랑」과 「첫눈」은 누구나에게 변하지 않는 고유한 무엇이다.

기차가 설 때마다

그 아이 눈빛

푸른 물보라로 피어났다

멈추었다 달려가는 기차 위로
그 아이 하얀 얼굴
은사시나무로 빛나고 있었다

라일락 꽃잎 한 장 물고 날아온
파랑새 한 마리
이마에 내려앉았다

보랏빛 노을 나뭇가지에 걸리고
흐르던 시간들
침묵 속으로 빠져들었다

기차가 멈추고
플랫폼 밖으로 걸어 나간 그 아이
자작나무 숲 사이로 사라졌다

- 「첫사랑」 전문

심장이
떨어지는 줄 알았어
당신이 내 손을 잡았을 때

핏줄이

녹아내리는 줄 알았어
당신이 내 빰을 어루만졌을 때

우주가 흔들리고 있었어
당신이
내 입술 위에 내려앉았을 때

죽어도 좋다고 생각했어
당신이
내 몸속으로 스며들었을 때

- 「첫눈」 전문

강도만 다르지 누구나 다 경험하고 다 알 듯이 첫사랑은 인생에서 처음으로 경험하는 사랑 또는 처음으로 맺은 관계를 뜻한다. 개인의 경험에 따라 처음으로 진심을 다해 사랑한 상대를 의미하기도 한다. 흔히 강렬한 감정과 풋풋한 설렘을 동반하며, 짝사랑이나 서투른 관계로 인해 아쉽게 끝맺지 못한 경험이 첫사랑으로 기억되기도 한다.

시인의 첫사랑은 기차와 눈빛, 푸른 물보라, 은사시나무, 라일락, 파랑새, 자작나무라는 사물을 통해 기억된다. 하얀 얼굴을 가진 기억 속의 첫사랑은 과거에 "플랫폼 밖으로 걸어 나간" 뒤 사라지고 없다. 이렇듯 첫사랑은 미완으로 완성된다. 미완이어서 첫사랑인 것이다.

첫눈은 우주가, 천기가 첫사랑에게 내리는 커다란 선물이다. 평생 기억할 만한, 기억에서 사라지지 않는 특별한 이벤트다. 첫눈은 매년 첫눈 오는 날 첫사랑을 데려다준다. 화자는 첫눈이 오는 날 "심장이 떨어지"고 "핏줄이/ 녹아내리는" 경험을 한다. 특히 "당신이/ 내 입술 위에 내려앉았을 때"라는 표현이 빛난다.

사랑에 대한 정의 방식은 모두 다르다. 유미경은 이렇게 사랑을 정의한다. "슬프도록 하얀/ 그의 목덜미 위로/ 곧은 바람 한 줄기/ 지나갈 때// 내 심장은/ 그대로/ 한 개 돌이 되어/ 멈춘다"고 한다. 시인은 다른 시 「동백」에서 "그리웠던 사람과 인생을 나누고/ 마주보며 사랑"하기를 소망한다. 이것은 시인의 소망이자 동시에 독자 모두의 소망이다. 그런 점에서 사랑의 보편성을 노래한 유미경의 시는 많은 독자들의 공감을 얻기에 충분하다.

6.

지금까지 유미경의 시들을 제재별로 가족서사, 생명주의적 태도, 자신의 내면 형상, 사랑의 체험과 느낌으로 4분하여 살펴보았다. 부모로부터 시작되는 가족서사는 섬과 고향으로부터 탈주와 부모와 관련된 화자의 체험과 상상이 적실하게 교합하여 독자에게 식민지와 전쟁 전후 절대 가난 시대의 인물과 상황을 떠올리게 한다.

그리고 유미경은 사람의 일상 주변에서 살아가는 생명을 통해서 다소 과격한 태도로 인간중심주의 태도를 비판하거나 비난하고 생명을 옹호한다. 인간과 비인간 존재 사이의 거리를 좁히고, 자연의 본질과 생명의 힘을 발견하려는 태도를 견지하는 것이다. 보기 드문 과격한 생명주의자, 생태주의자라라는 생각이 든다.

또 시인은 솔직하고 담박하게 때로는 거칠게 자신의 내면 풍경을 형상한다. 특히 사랑의 체험과 느낌을 형상한 시들은 독자에게 많은 공감과 위안과 행복을 준다. 누구나 한번은 해봤음직한 첫사랑과 첫눈, 그 밖의 사랑으로부터 탄생한 아름다운 사물과 사건과 사유를 구성한 문장이 독자를 행복하게 한다. 시를 통해 고통을 발효시켜 사랑에 도달하려는 유미경의 시집이 많은 독자를 만나길 바란다.

《당진 문학 10주년 리미티드 에디션》은 지역 문학의 기록과 작가들의 목소리를
담기 위해 기획된 한정판 시리즈입니다. 문학의 본질에 집중하고자 절제된 디자인
과 단순한 구조를 선택했으며, 작품의 여운과 언어의 깊이를 오롯이 전달하고자
하는 의도로 제작되었습니다.

사이의 문장

초판 1쇄 2025년 10월 10일 초판 1쇄 발행 2025년 11월 01일

지은이 **유미경**
발행처 **재단법인 당진문화재단**
주소 **충남 당진시 무수동 2길 25-21** 전화 **041)350-2932** 팩스 **041)354-6605**
홈페이지 **www.danginart.kr**

크리에이티브 디렉터 **북베어** 경영지원 **한정희** 책임편집 **최은주** 교정교열 **김지윤**
디자인 **김지은 · 유승연** 멀티미디어 **이예린** 마케팅 **김도윤**

펴낸곳 **자유의 길** 등록번호 **제2017-000167호**
홈페이지 **https://www.bookbear.co.kr** 이메일 **bookbear1@naver.com**

ISBN 979-11-90529-39-6 (03800)